SPRING 野

更具体地生长

All This Wild Hope

我却觉得周围的空气太寒冽了，我自说我的话，
所以反而称之曰《热风》。

—

只有爱依然存在。
——但是对于一切幼者的爱。

热风

鲁迅

著

GUANGXI NORMAL UNIVERSITY PRESS
广西师范大学出版社
·桂林·

图书在版编目（CIP）数据

热风 / 鲁迅著.--桂林：广西师范大学出版社，
2024.9
　　ISBN 978-7-5598-6985-2

　　Ⅰ.①热… Ⅱ.①鲁… Ⅲ.①鲁迅杂文 – 杂文集
Ⅳ.①I210.4

　　中国国家版本馆CIP数据核字（2024）第098108号

REFENG
热风

作　　者：鲁　迅
责任编辑：彭　琳
特约编辑：徐子淇　赵雪雨
装帧设计：汐和、几迟 at compus studio
封面插画：Aleksandra Czudżak
内文制作：陆　靓

广西师范大学出版社出版发行
　（广西桂林市五里店路9号　邮政编码：541004
　　网址：www.bbtpress.com）
出版人：黄轩庄
全国新华书店经销
发行热线：010-64284815
北京启航东方印刷有限公司印刷
开本：787mm×1092mm　1/64
印张：4.375　　　字数：95千
2024年9月第1版　2024年9月第1次印刷
ISBN：978-7-5598-6985-2
定价：34.00元

如发现印装质量问题，影响阅读，请与出版社发行部门联系调换。

目录

执著现在，执著地上

——关于鲁迅 1918—1925 年间的杂文

钱理群

导读

鲁迅杂文有一个发展过程，大体上可以说到 30 年代《自由谈》时期，才达到成熟。这一时期鲁迅杂文主要收在《热风》《坟》《华盖集》等集子里。《热风》里的文章鲁迅称为"短评"[1]，最初都是登在《新青年》上的"随感录"专栏里的。鲁迅的"随感录"和《新青年》其他作家的"随感录"不是很能够分得清

1　出自《〈热风〉题记》。

楚，也就是个性不是特别鲜明，以至于他的五四时期的一些杂文创作权，至今还有争议。比如他有几篇杂文，像《随感录三十八》《随感录四十二》，周作人说是他写的，学术界至今也没有定论。《热风》里的文章，短小精悍，比较明快，一读意思就清楚。《坟》里有一些长篇文章，如《灯下漫笔》《春末闲谈》《看镜有感》等，是随笔式的，显然受到英国随笔的影响。我和王得后[1]先生在编写《鲁迅散文全编》与《鲁迅杂文全编》时，把鲁迅文体中的"散文"与"杂文"作了适当的区分，这部分文章我们认为是散文里的随笔。这说明，在1918—1925这一时期，"杂文"这种文体还在形成过程中，但已经显示出它的特点，我们也就有了对它进行研究的可能。

1　王得后（1934—　），学者、作家，1976 年调入北京鲁迅研究室，从事专业研究，著有《两地书研究》《鲁迅心解》《〈呐喊〉导读》等。

我们先来看鲁迅的《随感录三十五》。当五四新文化的先驱者看到民族文化的危机，提出要"重新估定价值"时，引起了一些遗老遗少的恐惧，他们提出一个口号，叫"保存国粹"。[1] 于是，鲁迅针锋相对地提出：

> 保存我们，的确是第一义。只要问他有无保存我们的力量，不管他是否国粹。

----

[1] 鲁迅在《随感录三十五》一开始，还有一个重要说明："保持国粹"的口号是"清朝末年"即已提出的，但有着不同的意义，"出洋游历的大官"说保持国粹"是教留学生不要去剪辫子"，而"爱国志士"则是要"光复旧物"，含有反对满族统治的意义。但鲁迅认为，到了民国，再坚持"保存国粹"，就变成只要是中国的"特别的东西"，不管是否有利于现代中国人的生存，都一律要"保存"。这是鲁迅不能赞同的，这才有了这篇文章的写作。

四

这里所说的"我们"，是指"现在活着的中国人"，首先要"保存我们"的生命存在。也就是说，在鲁迅看来，"现在中国人的生存"是"第一义"，这构成了五四时期鲁迅的一个基本观念，也是他思考的中心。

　　这里实际上包含了几个概念："现在的人""中国的人"，以及"生存"。这些特定的概念是相对存在着的。"现在的人"和"过去的人"相对，"中国人"和"世界人"相对，这是只有在"现代中国"才会产生的概念。中国传统观念里没有"世界人"这一概念。中国从来认为自己是世界的中心，称外国人为异邦，为蛮族，不承认他们是和我们平等的人，所以鲁迅说"中国人对于异族，历来只有两样称呼：一样是禽兽，一样是圣上"。——前者是中国的大门打开之前，那时中国认为自己是"天下"的中心，处处以"文明"的主宰自居；

五

后者是鸦片战争打开了中国大门以后在一部分中国人中间产生的"奴才"心理。所以鲁迅感慨说："从没有称他朋友，说他也同我们一样的。"[1] 可以说，希望和外国人成为朋友，大家平等地共同生活在"世界"里，这是中国进入现代社会才产生的观念。但中国的大门又是被外国——西方殖民者的大炮强制打开的，这样的现实，就使像鲁迅这样的知识分子产生了强烈的民族危机感，以及"现在中国人的生存"危机感。鲁迅在《随感录三十六》里有过很清晰的表述：

现在许多人有大恐惧；我也有大恐惧。

许多人所怕的，是"中国人"这名目

1　出自《随感录四十八》。

要消灭；我所怕的，是中国人要从"世界人"中挤出。

我以为"中国人"这名目，决不会消灭；只要人种还在，总是中国人。……

但是想在现今的世界上，协同生长，挣一地位，即须有相当进步的智识、道德、品格、思想，才能够站得住脚：这事极须劳力费心。而"国粹"太多的国民，尤为劳力费心，因为他的"粹"太多。粹太多，便太特别。太特别，便难与种种人协同生长，挣得地位。

这样一个"从世界人中挤出"的民族危机感与现在中国人的生存危机感是贯穿20世纪，以至今天的，可以说是整整纠缠了几代知识分子。[1] 但正像鲁迅自己意识到的那样，他的"恐惧"有其异乎寻常之处。相当多的人把眼光对外，即认为危机来自外部，也就是人们通常所说的"亡我之心不死"之类；但鲁迅把目光向内，即我们中国人自己能不能自立，随着时代的发展，不断变革更新自己，获得"相当进步的智识、道德、品格、思想"。也就是说，他所感到的民族危机、现代中国人的生存危机，主要来自民族文化与民族精神的危机。这本是他在日本时期即已形成的思路；而现在，当面对有人打着"保存国粹"的旗号，拒绝根据时代发展的需要，在与外来文化的撞击中，对中国的传统文化进行变革，以适应现在中国人生

1　鲁迅在给许寿裳的信中，又说了这样一番话："盖国之观念，其愚亦与省界相类。若以人类为着眼点，则中国若改良，固足为人类进步之验（以如此国而尚能改良也）；若其灭亡，亦是人类向上之验，缘如此国人竟不能生存，正是人类进步之故也。"——这里的"世界主义""人类主义"的观点，在五四时期也是相当盛行的，并与前述"民族主义"形成了那一代人的内在矛盾之一。

存与发展的需要，就不能不引起他的巨大愤慨。他在《五十七 现在的屠杀者》中，这样写道：

> 做了人类想成仙；生在地上想要上天；明明是现代人，吸着现在的空气，却偏要勒派朽腐的名教，僵死的语言，侮蔑尽现在，这都是"现在的屠杀者"。杀了"现在"，也便杀了"将来"。——将来是子孙的时代。

由前述"中国人"与"外国人"、"中国"与"外国"的关系中产生的民族危机、中国人的生存危机，在鲁迅这里，就和"现在的人"与"过去的（古）人"的关系、"现在"与"过去"的关系密切联系、纠缠在一起。而鲁迅的观点是明确与鲜明的："现在中国人的生存"是"第一义"。

九

后来，鲁迅在《华盖集》里又有了更为明确的表述：

> 我们目下的当务之急，是：一要生存，二要温饱，三要发展。苟有阻碍这前途者，无论是古是今，是人是鬼，是《三坟》《五典》，百宋千元，天球河图，金人玉佛，祖传丸散，秘制膏丹，全都踏倒他。

后来，鲁迅在《北京通信》里对这三句话又作了解释——

> 我之所谓生存，并不是苟活；所谓温饱，并不是奢侈；所谓发展，也不是放纵。

鲁迅在这里，更明确地把"现在中国人的生存"要求，概括为人的三个基本权利："生存"权、"温饱"权和"发展"权。这三个权利是不可分割、缺一不可的。鲁迅在这里实际上是为中国的社会、文化、思想的变革提出了一个基本的目标，其意义自然是十分重大的。

鲁迅这里提出的人的三大权利与20世纪初提出的"立人"思想有什么关系呢？在我看来，两者基本精神是前后一贯的，都同时有民族危机感、文化危机感的思想背景，都同时强调国家的生存发展必须以人的生存发展为基础。鲁迅强调的"发展"权包含了他在"立人"里所强调的个体的精神自由。但是，我们同样可以感觉到从20世纪所提出的"立人""立国"到五四时期所强调的现代中国人的生存、发展权，是有一个发展过程的。可以看到两个特点：如果说20世纪初鲁迅的思考比较笼统，那么把"立人"落实到人的三大权利，显然更加贴近中国现实，这与鲁迅从一个理想主义者发展成为现实主义者是一致的。如果说本世纪初鲁迅强调的"立人"，更注重的是少数个人的生存与发展，尽管其背后也有我们说的"博爱"的关怀；而他现在强调的"现在中国人的生存与发展"，更关注的是中国土地上大多数普通民众的基本权利，正是这样的理念与追求，构成了鲁迅参与五四新文化运动的思想基础与基本出发点。

二

对鲁迅来说，"现在中国人的生存和发展"，不仅是他的一个理想、一个目标，同时也是他的价值尺度。我们不妨再重读一遍前面那段话——

我们目下的当务之急，是：一要生存，二要温饱，三要发展。苟有阻碍这前途者，无论是古是今，是人是鬼，是《三坟》《五典》，百宋千元，天球河图，金人玉佛，祖传丸散，秘制膏丹，全都踏倒他。

这里说得很清楚，衡量一种文化的价值，应该以什么作为标准呢？不能以是"古"还是"今"作标准——可见鲁迅并非不加分析地"反古"，也并非不加分析地"崇今"。但鲁迅也绝不是"越古越好"的"古之迷恋者"，更不是视"祖传""秘制"为神圣不可侵犯的"祖先崇拜"者，他是活在现在的中国人，他的价值标准只有一个：是"阻碍"还是"有利"于现在中国人的"生存，温饱和发展"。这一标准今人看起来似乎十分简单，甚至是不言自明的"常识"；但放在五四的背景下有着并不简单的、十分丰富的内涵。胡适曾说五四"新思潮的根本意义只是一种新态度，这种新态度叫做'评判的态度'"，参与者"无论怎样不一致，根本上同有这公共的一点"[1]；周作人也说"新文化的精神"就是"重新估定一切价值"[2]。这就是说，五四新文化运动的参与者是在"重新估定价值"这一共同"态度"（"精神"）下聚集在一起的。但他们的共同点也仅止于此，追问"重新估定价值"的"价值标准"是什么，就不一样了，不同的参与者有不同的回答，这就注定了后来的分化。鲁迅在重新估定价值时，他的标准是看看这种思想、文化是否有利于"现在中国人的生存和发展"。也就是说，他对一种文化（无论是外来文化还是传统文化）作

1 胡适：《新思潮的意义》，《胡适文存》，收《胡适文集》2 卷，552 页，北京大学出版社，1998 年版。
2 周作人：《复古的反动》，收《周作人集外文》（1904—1925），448 页，海南国际新闻出版中心，1995 年版。

一四

价值评价的时候，关注的不是这种文化的原始意义，而是这种文化到了当下的中国，在现实生活中到底起什么样的作用。所以他在评价中国传统的儒家学说时，提出了一个很有意思的概念，叫"儒效"。"儒者之泽深且远"，他对儒家的思想命题的考察，重点不在提出者的原初意义，而在它实际发生的影响，在"现在中国"的意义与实效。[1]20 世纪 30 年代他写了一篇评论孔夫子的文章，题目很有意思，叫做《在现代中国的孔夫子》[2]，这其实是他从五四就开始的一贯思路，他关注的是孔夫子在现代中国的命运。为了弄清楚这个问题，他作了历史的追索，于是他发现，孔夫子活着的时候在他所生活的中国是"颇吃苦头的"，他到处推

1　《儒术》虽写于 20 世纪 30 年代，但对于鲁迅来说，关注"儒效"应该说是一以贯之的。

2　收录于《且介亭杂文》。

一五

销自己的理论，却没有人接受；好不容易当了鲁国的"警视总监"，没几天就下台了，还被野人包围着，饿了几天肚子，最后甚至"愤慨"地表示"我没办法了，只好到海外去了"。但后来，慢慢的，他的地位越来越高，鲁迅说："孔夫子之在中国，是权势者捧起来的，是那些权势者或想做权势者们的圣人，和一般的民众并无什么关系。"鲁迅经过进一步考察又发现，"从 20 世纪开始以来"孔夫子"又被重新记得"，成为"摩登圣人"，是被三个人捧起来的，一个是想恢复"帝制"的袁世凯，还有两个是"渐近末路"、拿他当作重开"幸福之门敲门砖"的杀人如麻的军阀孙传芳、张宗昌。鲁迅指出，正是这样的儒效，必然"连累孔子也更加陷入了悲境"，"孔夫子之被利用为或一目的的器具，也从新看得格外清楚起来。于是要打倒他的欲望，也就越加旺盛。所以把孔子装饰得十分尊严时，就一定有找他缺点的论文和作品出现"。我觉得鲁迅的这番分析，是可以用来说明五四时期包括鲁迅在内的《新青年》同人要"打孔家店"的缘由的：他们针对权势者（当时主要是袁世凯）发动"尊孔运动"。而这些当代（五四时代）的"圣人之徒"所要突出的"孔子之道"主要集中在两个方面，一是鼓吹"臣必须服从皇帝，儿子必须服从父亲，妻子必须服从丈夫"的"三纲"说，借以恢复已经被推翻的封建专制体制与维护已经动摇的封建家族制度；二是竭力鼓吹"独尊"儒家，坚持以儒家学说来"统一"中国的思想，借以抵御新思潮，维护已遭到巨大挑战的封建思想统治。这样的"孔子之道"，将人继续置于封建专制奴役之下，显然妨碍了现在中国人的生存，更不利于现在中国人的思想解放与自由发展，并且与时代发展的要求背道而驰。鲁迅对这样一种被独尊的、以"三纲"说为核心的儒家学说，进行尖锐的批判，正是为了维护现在中国人的生存与发展的权利。这是他的出发点和基本的价值立场。

三

鲁迅的许多思想都有双重性，既有现实层面的意义，又有一种超越现实的、形而上的意义。如果"重新估定价值"是鲁迅关注"现在中国人的生存和发展"的一种现实意义的话，那么接下来要讨论的是从这一命题引申出的一种人生哲学。

鲁迅在《野草·影的告别》里的这段话是人们所熟知的："有我所不乐意的在你们将来

的黄金世界里，我不愿意去。""拒绝黄金世界"是典型的鲁迅命题。所谓"黄金世界"是人们对于"将来"的一个想像。中国传统中的"大同世界"、西方思想中的"乌托邦"，都是"黄金世界"。人们设想，那将是一个没有矛盾、没有斗争、没有缺陷，绝对完美、绝对和谐的理想世界，是人类社会和历史发展的"极致"。鲁迅正是从这里开始他的质疑。他问："将来就没有黑暗了么？"[1]他的回答是："我疑心将来的黄金世界里，也会有将叛徒处死刑"[2]。在人们一般看来，"将来"的"黄金世界"是无限完美的人类社会和历史发展的终结点，而在鲁迅的眼里，却是新的矛盾、新的斗争的开始，而且会有新的危险，甚至新的死亡。这就

1　冯雪峰：《回忆鲁迅》，《雪峰文集》4 卷，142 页，人民文学出版社，1985 年版。

2　出自《两地书》，鲁迅、许广平著，人民文学出版社。

是鲁迅所说的："于天上看见深渊"[1]。鲁迅由此得出一个非常重要的哲学上的结论："革命无止境，倘使世上真有什么'止于至善'，这人间世便同时变了凝固的东西了"[2]。所谓"至善至美"的"极境"不过是人们"心造的幻影"。这样的幻影可以是"将来"，也可以是"过去"。人的记忆是有淘汰性、选择性的，中国有句俗语叫作"避重就轻"，人们总喜欢把那些沉重的、不美好、不愉快的、让自己想起来就觉得惭愧的事情统统忘掉，而把那些轻松的、得意的事情无限膨胀，从而制造出一个无限美好的"过去"的幻觉，特别是对现状不满的人，更容易把"过去"理想化。这或许就是人们所说的"怀旧"，也算是人之常情吧。而中国这个民族，或许是因为"历史悠久"，就更容易眼

1　出自《墓碣文》，收录于《野草》。
2　出自《黄花节的杂感》，收录于《而已集》。

晴向后看。鲁迅早在《摩罗诗力说》[1] 里就已经指出，"西方哲士"作"理想之邦"之"念者不知几何人"，而"吾中国爱智之士，独不与西方同，心神所注，辽远在唐虞，或径入古初，游于人兽杂居之世"，前者有孔子，后者有老庄，在中国将"过去"理想化有一个渊源流长的传统。

而鲁迅所关注的，或者说，他更要质问的是，在"现在"的中国人（"圣人之徒"）为什么要把"将来"或"过去"的生命理想化、美化、神化，赋予一种终结的至善至美性，这对现在中国人的生存和发展有什么影响？

于是，他有了两个重要的发现。

他首先指出——

1　收录于《坟》。

做了人类想成仙；生在地上要上天；明明是现代人，吸着现在的空气，却偏要勒派朽腐的名教，僵死的语言，侮蔑尽现在，这都是"现在的屠杀者"。杀了"现在"，也便杀了"将来"。——将来是子孙的时代。

美化"过去"，就是要将"过去"凝固化，拒绝任何改革，结果必然导致"过去"的"僵死"与"朽腐"。然后，用这"僵死"的"过去"的人（他们的思想与语言）来压制与扼杀"现在"的活着的人（他们的思想、语言）的发展的生机，这就是"现在的屠杀者"，而"将来"正孕育在"现在"之中，"杀了'现在'，也便杀了'将来'"。请注意，鲁迅在这里连续地用了"屠杀""杀""杀"这样的词语，他要揭露的，正是美化"过去"的说教背后的血腥气。

在《两地书》里，鲁迅与许广平又作了这样的讨论——

我看一切理想家，不是怀念"过去"，就是希望"将来"，而对于"现在"这一个题目，都缴了白卷，因为谁也开不出药方。所有最好的药方，即所谓"希望将来"就是。

所谓"希望将来"，不过是自慰——或者简直是自欺——之法，即所谓"随顺现在"者也一样。

记得有一种小说里攻击牧师，说有一个乡下女人，向牧师沥述困苦的半生，请他救助，牧师听毕答道："忍着罢，上帝使你在生前受苦，死后定当赐福的。"其

实古今的圣贤以及哲人学者之所说，何尝能比这高明些。他们之所谓"将来"，不就是牧师之所谓"死后"么。

这里说得很清楚，所有的"古今圣贤以及哲人学者""理想家"，他们将曾在、将在的生命形态理想化，制造关于"过去"与"将来"的神话，不过是"自欺"欺人，将被美化了的"过去"与"将来"作为逃避现实困苦的精神避难所、远离现实风浪的避风港，其实质是要人们对现实的压迫采取逆来顺受的"忍（让）"态度。作为精神界战士的鲁迅，正是要打破一切虚幻的精神避难所，粉碎一切关于人和社会历史的终结性、至善至美性的神话。他因此而大声疾呼——

仰慕往古的，回往古去罢！想出世

的，快出世罢！想上天的，快上天罢！灵魂要离开肉体的，赶快离开罢！现在的地上，应该是执著现在，执著地上的人们居住的。

鲁迅在这里提出了一个非常重要的命题："执著现在，执著地上"，这可以说是对他的人生哲学的一个概括。而所谓"执著现在，执著地上"，首先就是要敢于正视生活在"现在的地上"的人（特别是中国人）的生存困境。这样的困境又有两个层面，首先是现实的生存苦难——这在现在中国人是特别深重的——因此鲁迅提出要"敢于直面惨淡的人生，敢于正视淋漓的鲜血"[1]。同时这也是人的根本性的生存困境。鲁迅曾经说，"普遍，永久，完全，

[1] 出自《记念刘和珍君》，收录于《华盖集》。

这三件宝贝"其实是钉在人的棺材上的三个钉子，是会将人"钉死"的[1]。这就是说，"此在"的生命永远也不可能是"普遍，永久，完全"的，如果硬要在现实人生中去实现这种"普遍，永久，完全"，结果反而会扼杀人的真实的生命。因此，鲁迅要我们正视人的此岸世界、当下生命，任何时候都是不完美的、有缺陷、有弊端的，并且不可能永久存在。这样一种"偏执"性、"不完全"性、"缺陷"性、"速朽"性，是"现在地上"的此在生命、此岸人生的常态。人只能正视这一现实的生存状态，然后再作出自己的选择与追求，而不能把希望寄托在虚幻的"神话"的实现上。

　　这里还需要强调一点：鲁迅否定的是"普遍，永久，完全"的当下性、此岸性，但他并

1　出自《答〈戏〉周刊编者信》，收录于《且介亭杂文》。

没有否认"普遍，永久，完全"本身。早在 20 世纪初，他就提出过"致人性于全，不使之偏倚"的理想[1]。他要打破的是"普遍，永久，完全"的此岸人生的梦幻，但仍保留了对彼岸世界的理想。也就是说，他要消解的是此岸世界的终结性、至善至美性，但并没有把终结性、至善至美性本身完全消解。所谓"彼岸世界的至善至美性"是可以不断趋近、却永远达不到，是作为人的一种理想、一种追求存在的。所以不能把鲁迅的"执着现在"理解为没有理想，没有终极关怀，可以说他是怀着对彼岸世界的理想来执著现在的。鲁迅提醒人们要区分"奴才式的破坏"与"革新的破坏者"，后者"内心有理想的光"[2]，他自己就是这样的有理想的革新的破坏者。鲁迅早在 20 世纪初，即已

1　出自《科学史教篇》，收录于《坟》。
2　出自《再论雷峰塔的倒掉》，收录于《坟》。

提出他的"立人"——追求人的个体精神自由的理想。在20世纪二三十年代，他又把"立人"的理想发展为"几万万的群众自己做了支配自己的命运的人"的理想。正是在这样的"理想之光"的照耀下，鲁迅才对现实中一切压制人的个体精神自由的奴役现象、一切剥夺普通民众支配自己命运的权利的黑暗势力，始终保持高度的敏感与警惕，并采取不妥协的批判态度。同时，鲁迅也清醒地看到，这样的奴役与剥夺在现实的此岸世界里，是会用不同的形式不断地再生产的，是永远不会终结的。因此，像他这样的坚持理想的知识分子（他后来称之为"真的知识阶级"）必然永远不满足于现状，是永远的批判者。而他们的历史作用也正在这里，因为"不满是向上的车轮"，"多有不自满的人的种族，永远前进，永远有希望"[1]。

1　出自《六十一 不满》。

二八

这最能显示鲁迅的思想与选择的特点，一方面他坚持彼岸的理想，同时又打破对任何此岸世界的幻想，正是这两者构成了他不断追求"革新""永远前进"的内在动力。这也正是一个人、一个民族的希望所在。

必须划清两个界限：首先是"彼岸世界"与"此岸世界"的界限，必须维护理想的彼岸性。彼岸的理想世界是可以不断趋近，却是永远达不到的；任何"在地上建造天堂"的许诺与努力，不是出于天真的幻想，就是一种欺骗，会给人类带来灾难。这是历史，特别是20世纪的历史所一再证明了的。但同时也必须强调，正视此岸世界的不完美性、有缺陷性与速朽性，并不意味着承认这种状态的合理性。因此，必须划清"执著现在"与"随顺现在"两种人生态度的原则界限。在前引鲁迅与许广平的讨论中，鲁迅已经明确地指出，所谓"随顺现在"与"希望将来"一样，都是"自欺"之法。鲁迅的"执著现在"包含两个侧面：一方面要求正视现实的不完美性、缺陷性与暂短性，保持一种清醒；另一方面，也许是更为重要的方面，正视的目的是要反抗，批判现实的缺陷，用鲁迅习惯的话来说，就是要和现实的黑暗"捣乱"。也就是说，在"正视"的背后，有一种强大的变革与行动的历史性的要求，这才是"立意在反抗，指归在动作"的"精神界战士"的本质。所谓"随顺现在"者，从表面上看，他们也承认现实是不完美、有缺陷，并且是速朽的。但是他们认为，人在这样的现实的"恶"面前是无能为力的，因而现实的"恶"是不可改变的，进而认可、"随顺"现实的"恶"，并试图在这样的随顺中来谋求个人的私利；或助纣为虐，成为"寇盗式的破坏"者，或谋求"目前极小的自利"，占些"小便宜"，成为"奴才式的破坏"者。这与鲁迅式的有理想的反抗现实的"革新的破坏者"有着本质的区别。[1]

鲁迅的"执著现在"也有别于周作人的"现在观"与"现在选择"。周作人也承认"现世"的不完全性与短暂性，但他却试图"'忙里偷闲，苦中作乐'，在不完全的现世享乐一点美与和谐，在刹那间体会永久"[2]。这仍然是一种逃避，而且这样的"偷"得的美、和谐与永久感，也不免是幻觉，而"既明白于斯，却时刻想闭上眼睛"的选择，又确实使周作人经常落入极其尴尬的境地，这里也自有一种悲哀。

五四时期，还有一些作家提倡"刹那主

1　批评家王彬彬先生曾写过《残雪、余华："真的恶声?"——残雪、余华与鲁迅的一种比较》(载《当代作家评论》1992年1期)，结合20世纪90年代的文学创作实践，对本论题的有关问题有精辟的论述。

2　周作人：《喝茶》，收《雨天的书》，53页，河北教育出版社，2002年版。

义":"我们现在的生活里，往往只怅惘着过去，忧虑着将来，将功夫都费去了，将眼下应该做的事都丢下了，又添了以后怅惘的资料"，其实"生活的每一刹那有那一刹那的趣味，或也可不含哲学地说，对我都有一种意义和价值。我的责任便在实现这意义和价值，满足这个趣味，使我这一刹那的生活舒服。至于这刹那以前的种种，我是追不回来，可以毋庸过问；这刹那以后还未到来，我也不必多费心思去筹虑。……我现在是只管一步步走，最重要的是眼前的一步"。[1] 正如提倡者所说，这是把"颓废主义与实际主义合拢来，形成一种有积极意味的刹那主义"。[2] 应该说，就"把握现在，脚

1　朱自清 1923 年 1 月 13 日给俞平伯的信，转引自俞平伯：《读〈毁灭〉》，收《俞平伯散文杂论编》，47 页，43 页，上海古籍出版社，1990 年版。

2　俞平伯：《读〈毁灭〉》，《俞平伯散文杂论编》，43—44 页，上海古籍出版社，1990 年版。

踏实地做力所能及的事，实干苦干"这一点，主张刹那主义的朱自清诸先生与强调"执著现在"的鲁迅也确有相通之处——鲁迅直到晚年，也还在呼唤"埋头苦干""拼命硬干"的精神[1]，这其实也是他的"执著现在"的人生哲学里的应有之义。但鲁迅的"执著现在"与朱自清们的"刹那主义"之间的差异也是明显的，后者说到底，是一种明哲保身的选择，着眼点在知识者自我的"满足"，对于更广大、更根本的社会与现实的黑暗有所回避；而鲁迅的"执著现在，执著地上"，有着对生活在"地上"的更广大的人群的生命更为深切的关怀，是要以一己之身来抗拒身外无边的黑暗的，那是一个更为博大，也更悲壮的人生境界。

我们或许可以对鲁迅的"执著现在，执

1　出自《中国人失掉自信力了吗》，收录于《且介亭杂文》。

著地上"的人生哲学作这样的概括：它要求正视现在中国人的生存困境，并且反抗一切妨碍现在中国人的生存与发展的现实的黑暗，致力于现实中国社会、人生与人的改造（改良、革新）。

四

　　鲁迅的哲学是一种"生存哲学"，他关注的始终是人的生存问题，特别是现在中国人当下的生存问题。其中一个很重要的方面是现在中国人的生存环境、生存空间。鲁迅对此有一系列重要的概括，并且都给人以怵目惊心之感。

三四

一、"人肉的筵宴"

鲁迅是在《灯下漫笔》[1] 里，首先作出这样的概括——

> 所谓中国的文明者，其实不过是安排给阔人享用的人肉的筵宴。所谓中国者，其实不过是安排这人肉的筵宴的厨房。

> 大小无数的人肉的筵宴，即从有文明以来一直排到现在，人们就在这会场中吃人，被吃，以凶人的愚妄的欢呼，将悲惨的弱者的呼号遮掩，更不消说女人和小儿。

这里说得很清楚，从"有文明以来"一直到"现在"，中国人都生活在"人肉的筵宴"

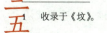

[1] 收录于《坟》。

的空间里。鲁迅在《狂人日记》里也曾说道，他在中国历史记载满纸的"仁义道德"的字缝里看到"吃人"两个字。鲁迅对"吃人"这个命题是非常看重的，他在给许寿裳的信里，这样写道——

偶阅《通鉴》，乃悟中国人尚是食人民族，因成此篇。此种发见，关系亦甚大，而知者尚寥寥也。

请注意"中国人尚是食人民族"这一概括：不是少数人在食人，是整个民族都在食人。这自然是一个极其严酷的概括，一般人是很难接受的。因此有必要作更深入、细致的讨论。

首先我们要问：鲁迅讲的"食人"（"吃人""人肉的筵宴"）指的是什么？我理解有两个含义，一是实指，即中国从远古到近现代历史上都不断发生"人吃人"与"嗜杀"现象，而且都是在崇高的名义（例如"忠""孝""革命"等等）下"吃人"与"杀人"，而且人们似乎都视而不见，见而不怪。这背后隐藏着一个不能回避的事实：在中国社会里，人的生命不值钱，中国人缺少对生命的关爱和敬畏。另一方面，指一种精神的"吃人"。鲁迅的"立人"思想，所要"立"的"人"是具有个体精神自由的人。结合"立人"思想体系来看，他所说的"吃人"，就是讲中国社会、历史、传统文化对人的个体精神自由的漠视、压抑和剥夺。

为什么鲁迅说在中国"吃人"是全民族性的？

鲁迅从中国的社会结构的分析展开他的论证。他在《灯下漫笔》里引用《左传》里的材料，指出所谓"天有十日，人有十等"，即中国传统社会有一系列严格的等级，最高级是王，王下面是公，公下面是大夫，大夫下面是士，最后是老百姓，普通国民。每个人都处在这个等级制度的某一等级上，一方面承受上面的等级的压迫，被人吃；同时可以压迫下面的等级的人，又在吃人。即使处在最底层，回到家里，还可以压迫妻子孩子；孩子长大了，又会有更卑更弱的妻子可供驱使，"多年媳妇熬成婆"，妻子也还可以压迫她的媳妇。这就是每一个中国人的生存环境："有贵贱，有大小，有上下。自己被人凌虐，但也可以凌虐别人；自己被人吃，但也可以吃别人"。前面所说的全民族的吃人就是这样形成的；也就是说，对于这样一个"人肉的筵宴"，每个中国人都参与其中。这就产生了极其可怕的后果，不仅"使人们各各分离，遂不能再感到别人的痛苦"，而且"因为自己各有奴使别人，吃掉的别人的希望，便也就忘却自己同有被奴使被吃掉的将来"，即使自己已经或正在被吃，也可以在吃别人中得到补偿，这样就使得"中国一切人们无不陶醉而且至于含笑"于这"人肉的筵宴"，使其永远排下去，而不可能有任何认真地反抗，更不用说联合的反抗。这正是让鲁迅，以及一切有良知的中国人感到真正的恐怖之处。

作为精神界的战士，鲁迅更关注的是由此形成的民族的畸形的"国民性"。在这样一个全民族的"人肉的筵宴"里，每个中国人都处在"被凌虐又凌虐别人，被吃又吃人"的双重位置，就必然形成人的"为人主"与"为人奴"的两重性。作主人的时候，以一切别人为奴才，作奴才的时候，以一切人为主人；有权时无所不为，失势时即奴性十足。鲁迅就是这样要我们正视自己的生存环境，这"吃人与被人吃"的"人肉的筵宴"是一个可怕的陷阱，落入其中，人就丧失了基本的生存权利，处于社会底层的人们更是完全被漠视，人们"以凶人的愚妄的欢呼，将悲惨的弱者的呼号遮掩，更不消说女人和小儿"；同时在主性和奴性的养成中，人的精神发展也受到了根本性的伤害。

鲁迅《灯下漫笔》的另一篇，又把对"吃人"问题的审视，伸向历史的追问。于是，他又有了两个非同小可的发现——

中国人向来就没有争到过"人"的价格，至多不过是奴隶，到现在还如此，然而下于奴隶的时候，却是数见不鲜的。

（中国的历史不过是）一、想做奴隶而不得的时代；二、暂时做稳了奴隶的时代。

这一种循环，也就是先儒之所谓"一治一乱"……

这是一个最为沉重的历史与现实。在中国，"人"的生命价值从来没有被承认过，拥有个体精神自由这种意义上的"人"，更是从来不曾有过。所以把人不当人，在中国是一个惯例。而且中国有一句话，叫作"乱离人不及太平犬"，乱世时候的人还不如太平时代的一只狗。这时候突然给他一个狗的待遇，他就非常高兴。譬如说元朝，开始是随意杀人，老百姓惶惶不可终日。后来就定了一个法律，规定打死别人的奴隶，要赔一头牛。老百姓本来觉得自己连牛都不如，现在总算有了一头牛的价值，就万分高兴了。所以鲁迅说，所谓"乱世"，就是"将奴隶规则毁得粉碎""想做奴隶而不得"；"这时候，百姓就希望来另外的主子，较为顾及他们的奴隶规则的，无论仍旧，还是新颁，总之是有一种规则，使他们可上奴隶的轨道"；"做稳了奴隶"，这就是中国的所谓"太平盛世"。鲁迅在这里又打破了一个在中国根深蒂固、可谓"深入人心"的"太平盛世"的神话。他再一次无情地要我们正视自己真实的生存处境：中国人只能在"做稳了奴隶"和"想做奴隶而不得"这两者之间做一个"选择"——如果这还算是"选择"的话。

更怵目惊心的是，这样的处境对中国人精神的戕害，以及由此产生的中国国民性。在暂时做稳了奴隶的时代，即所谓"大治"的时代，中国人是"顺民"；而在想做奴隶而不得的时代，即所谓"乱世"，中国人就成了"暴民"。"顺民"就是奴性十足，不必多说。值得注意的是"暴民"，鲁迅在五四时期有好几篇文章提到"暴民"。他提醒人们注意两种危险性。一个是想做奴隶而不得，就有满肚子怨愤的毒气，鲁迅说"这自然是受强者的蹂躏所致的"，因此是可以理解，甚至是值得同情的，问题是这股怨愤之火向哪里去烧。鲁迅说，在中国，"国民倘没有智，没有勇，而单靠一种所谓'气'"，其结果必然是"不很向强者反抗，而反在弱者身上发泄"，就好像阿Q受了假洋鬼子、赵太爷的气，不去反抗他们，而去占小尼姑的便宜一样，"遭殃的不是什么敌手而是自己的同胞和子孙。那结果，是反为敌人先驱"[1]。这正是暴民的特点。暴民的另一面，鲁迅也经常谈到，就是他身为奴隶，向往的却是主人地位。当年项羽看见秦始皇十分阔气，就说："彼可取而代之也。"要"取"什么？鲁迅说，一是"威福"，有权有势；二是"子女"，特别是女人；三是"玉帛"，就是钱。中国的"暴民"就向往这三样东西。阿Q在土谷寺里做的那个著名的梦里，梦见的就是元宝、洋钱、

1　出自《杂忆》，收录于《坟》。

吴妈、邹七嫂的女儿，还有"小D来搬，要搬得快，搬得不快打嘴光"的权势。这样的阿Q式的"暴民"造反是不可能根本摧毁"人肉的筵宴"的，而只会由新的"主人"（昔日的奴隶）以新的形式"取而代之"——这也是中国的历史与现实一再证明了的。

这同样是对我们每一个现在中国人的警示。我们生活在这样一个"做稳了奴隶"与"想做奴隶而不得"的历史循环中，这样一种生存空间下，是时刻可能成为顺民，又可能成为暴民的。我们的心灵就可能被奴化，同时被毒化。这又反过来使得我们民族永远也走不出那不断循环重复的历史的怪圈。于是，鲁迅发出了这样的召唤——

自然，也不满于现在的，但是，无须反顾，因为前面还有道路在。而创造这中

四四

国历史上未曾有过的第三样时代，则是现在的青年的使命！

这里反复强调的是，不满于"现在"；"无须反顾"，不要回到"过去"；面向"前面"也即"将来"，创造"第三样时代"。鲁迅始终坚守着他的"执著现在，执著地上"的人生哲学。

二、"活埋庵"

鲁迅在一篇《通信》[1]里，由一个人们习以为常的"北京街市小景"引发出了关于中国人的历史与中国人的生存空间的一番大议论——

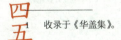

收录于《华盖集》。

我现在住在一条小胡同里，这里有所谓土车者，每月收几吊钱，将煤灰之类搬出去。搬出去怎么办呢？就堆在街道上，这街就每日增高。有几所老房子，只有一半露出在街上的，就正在豫告着别的房子的将来。我不知道什么缘故，见了这些人家，就像看见了中国人的历史。

　　姓名我忘记了，总之是一个明末的遗民，他曾将自己的书斋题作"活埋庵"。谁料现在的北京的人家，都在建造"活埋庵"，还要自己拿出建造费。看看报章上的论坛，"反改革"的空气浓厚透顶了，满车的"祖传""国粹"等等，都想来堆在道路上，将所有的人家完全活埋下去。

　　这同样是鲁迅式的特殊体验。在鲁迅所说的"合群的爱国的自大"者看来，"满车的'祖

四六

传'‘国粹’"是足以炫耀于世的；而鲁迅却看到了现在中国人被"活埋"的生存危机。鲁迅是深知中国人的。本来，人"从幼到壮，从壮到老，从老到死"都是很正常的，由"现在式"的生命到"过去式"的生命应该是一个自然的过渡；但在我们这个古老的中国，却是例外。"从幼到壮"走得很起劲，"从壮到老"就有些不情愿了，"从老到死"更是高低不肯走，甚至"奇想天开"，最好老而不死，即使死了也"想用自己的尸体，永远占据着一块地面"，总之要"喝尽了一切空间时间的酒""占尽了少年的道路，吸尽了少年的空气"，而且"愈是无聊赖，愈足没出息的角色，越想长寿，越想不朽"。这就形成了生存空间的空前拥挤与阻塞，不仅是生与死、过去与现在的并存，更是以"死"挤压"生"、以"过去"挤压"现在"、以"没出患"者挤压"有希望"者，从而形成

四七

一种窒息人的个体生命与民族生命发展的生机的恶性环境。[1]

鲁迅在《随感录五十四》里还有这样的概括——

中国社会上的状态，简直是将几十世纪缩在一时：自松油片以至电灯，自独轮车以至飞机，自镖枪以至机关枪，自不许"妄谈法理"以至护法，自"食肉寝皮"的吃人思想以至人道主义，自迎尸拜蛇以至美育代宗教，都摩肩挨背的存在。

这样的"许多（不同时代的）事物挤在一起"确实是中国的特色。鲁迅引述一位作者的意见指出，原因在于"中国人先天的保守性"，因此中国的改革"决不将旧日制度完全废止，

1　参看《随感录四十九》《五十九　"圣武"》。

四八

乃在旧制度之上，更添加一层新制度"。比如，我们试考察清代兵制变迁史，就可以发现，最初是八旗兵，后来慢慢地腐败了；洪秀全起，征募湘淮两军，是为绿营，但旗兵仍在；甲午战后，绿营也不行了，于是又编练新军，但仍与旗兵、绿营同在。这样就造成多重制度、多重思想挤在同一个非常狭窄的空间里的局面。可怕之处在于，这样的并存并非良性互补，而恰恰是恶性的嫁接，即鲁迅在 20 世纪初所说的，旧病不去，"新疫"又来，"二患交伐，而中国之沉沦遂以益速矣"[1]。这也是一种生存空间的挤压，而且挤压的结果是恶性的，最后是"活埋"，根本窒息了现在中国人的生存与发展。

1　出自《文化偏至论》，收录于《坟》。

三、"染缸"

　　五四时期鲁迅有一篇很有名的杂文，题目叫《来了》，意犹未尽，接着又写了篇《"圣武"》。当时，马克思主义开始传播到中国，许多人很紧张，说"过激主义来了"，不得了了。鲁迅则别有眼光，他说你别担心，"过激主义"是不会来的——岂止"过激主义"，什么"主义"都不会来，来了也不会对中国社会和思想界产生实质性的影响。为什么呢？鲁迅说——

　　我们中国本不是发生新主义的地方，也没有容纳新主义的处所，即使偶然有些外来思想，也立刻变了颜色，而且许多论者反要以此自豪。[1]

———————————
1　　出自《五十九　"圣武"》。

五〇

我们中国人，决不能被洋货的什么主义引动，有抹杀他扑灭他的力量。

……

所以无论什么主义，全扰乱不了中国……[1]

后来，到 1934 年，鲁迅又写了篇《偶感》[2]，进一步作出"染缸"中国的概括——

每一新制度，新学术，新名词，传入中国，便如落在黑色染缸，立刻乌黑一团，化为济私助焰之具……

所谓"染缸"中国，我想，包含了两个意思。

1　出自《五十六　"来了"》。
2　收录于《花边文学》。

五一

首先，中国不具备接受新思想、新制度的基本条件。鲁迅看得很清楚，一种外来主义、思潮的输入，一种新的制度的引进，必须具有内在的接受基因与条件："新主义的宣传者是放火人么，也须别人有精神的燃料，才会着火；是弹琴人么，别人的心上也须有弦索，才会出声；是发声器么，别人也必须是发声器，才会共鸣"。而中国正缺少这样的感应器——

自由主义么，我们连发表思想都要犯罪，讲几句话也为难；人道主义么，我们人身还可以买卖呢。[1]

这些话都说得十分沉重，却也十分真实。鲁迅对中国当下社会有着非常深刻的把握和了解，他是真正了解中国国情的。在他看来，很

1　出自《五十六　"来了"》。

五二

多新思想在中国还是一种思想的奢侈品，根本不能接受，也不能理解，"我们和别人的思想中间，的确还隔着几重铁壁"。如若不信，就看看那些翻译本的绪言、序跋吧。"他们是说家庭问题的，我们却以为他在鼓吹打仗；他们是写社会缺点的，我们却说他讲笑话；他们以为好的，我们说来却是坏的。"[1]这样的一种隔膜一直延续下来，读读充斥今日文坛上的介绍外国"新思潮"的文章、序跋，不也同样有这样的隔膜感吗？

仅仅是隔膜、不理解，也就罢了；更可怕的是，中国文化有一种很强大的"同化"力，也就是"染缸"的法力，一落入其中，就会变质，变成另外一个样子了。

怎么变呢？有两个法术。首先是宣布所有外来的东西中国都"古已有之"——"某种科

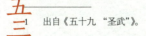

1　出自《五十九　"圣武"》。

学，即某子所说云云"。[1] 你讲地理学吗，中国从来就有"风水"；你谈优生学吗，中国早就讲"门阀"制度；你说化学吗，中国自古就有"炼丹"学；就连我们放风筝，也是合于卫生学的。[2] 这里还可以补充一个 20 世纪 90 年代的最新说法，什么"环保意识"，中国早就讲"天人合一"了。鲁迅说这样的"自大与好古"，不过是"土人的一个特性"[3]，是落后民族抵御外来新思潮、拒绝变革的法宝。一切以"古"为好，一切以"不变"为好，或者"以不变应万变"，但这同样扼杀了民族进步的生机。

不仅自己不变，还要使"你"变得和"我"一样，也就是对外来的思想取其"名"而变其"实"，即所谓"偷天换日"，表面上满口新名词，

1　出自《随感录三十八》。

2　参看《偶感》。

3　参看《随感录四十二》。

五四

骨子里还是旧思想。鲁迅说——

中国人总喜欢一个"名"，只要有新鲜的名目，便取来玩一通，不久连这名目也糟蹋了，便放开，另外又取一个。真如黑色的染缸一样，放下去，没有不乌黑的。[1]

请注意这个"玩"字，说尽了很多中国人，包括中国的知识分子对外来思想、新思潮的基本态度：他自己并不相信，不过是玩"文字游戏"，当作达到自己的目的的工具。因此"玩"的名词越新越好，越新利用价值越高，西方有了新东西马上贩运到中国去玩，过几天玩腻了就换一个名词。所以鲁迅说，新潮之进入中国，往往只有几个名词。主张的人以为可以咒

出自鲁迅写给姚克的信。

死敌人，敌对者也以为将被咒死而极力反对，谁都不去认真地追究这个名词的真实的意义是什么，实际上是把外来名词、新思潮"符咒化"了，真实的论争就变成了彼此的"斗法"，嚷嚷了一年半载，最后火灭烟消，什么都没有。鲁迅说得很沉重，喊了半天什么"罗曼主义，自然主义，表现主义，未来主义……"（这些年又有现代主义、后现代主义等等等等），这些名词轮番地轰炸，不断地变换，结果都过去了，中国实质上没有真正的罗曼主义，真正的表现主义，真正的未来主义，真正的现代、后现代，只剩下了无数的"符咒"。[1]所以鲁迅多次引用罗兰夫人的话："自由自由，多少罪恶，假汝之名以行"。[2]一切新的思潮到了中国，都

---

1 参看《〈现代新兴文学的诸问题〉小引》，收录于《古籍序跋集》，人民文学出版社。

2 参看《杂感》，收录于《华盖集》。

难逃被曲解与利用的命运，中国自身也就毫无进步的可能。

　　现在我们可以作一点小结。鲁迅在考察中国人的生存环境与生存空间时作出了这样三个概括："人肉的筵席""活埋庵"和"染缸"。这里实际上包含了时间关系向空间关系的一种渗透的：在"人肉的筵席"这一意象里，不仅揭示了中国人最基本的生存可能性的被剥夺——人的生命被扼杀，人的个人精神发展空间受遏制——的悲剧命运，更揭示了"坐稳了奴隶的时代"和"想做奴隶而不得的时代"的历史循环，"现在"不过是"过去"的重复，"祖母的模样"就预示着孩子的"将来"[1]，中国人永远也走不出"过去的时代"。在"活埋庵"的意象里，我们看到的是"过去"对"现

[1]　参看《这个与那个》，收录于《华盖集》。

在"的挤压。"染缸"意象则形象地说明"过去"的生命形态在中国的顽强存在，它不但拒绝而且改造着一切新的生命，从而杜绝了新生命存在的可能性，整个社会陷于不能发展的绝境之中。

从这里我们可以看到鲁迅的一个深刻的内在矛盾。鲁迅在讨论"过去""现在"与"未来"的关系时，本来是有着历史的进化，或者说历史的进步的强烈期待的，他在《随感录六十六》和《随感录四十九》里，这样表达他的信念——

生命的路是进步的，总是沿着无限的精神三角形的斜面向上走，什么都阻止他不得。

进化的途中总须新陈代谢。所以新的

应该欢天喜地的向前走去，这便是壮；旧的也应该欢天喜地的向前走去，这便是死；各各如此走去，便是进化的路。

这里显然有一种建立在进化论观点上的历史乐观主义，但当他面对现在时态的生命、当下的此岸的中国现实的时候，他却发现"旧的""过去"的生命并不愿意"欢天喜地"自动让路，还要顽强地挤压、抵制，以至改造"新的""现在"的生命，并因此常常形成历史的循环。这样，他的信念、理想与实际感受之间就形成了巨大的反差。后来，他在《中国小说的历史变迁》里有过一个分析——

许多历史学家说，人类的历史是进化的，那么，中国当然不会在例外。但看中国进化的情形，却有两种很特别的现象：

一种是新的来了好久之后而旧的又回复过来，即是反复；一种是新的来了好久以后旧的并不废去，即是羼杂。然而就并不进化么？那也不然，只是比较的慢，使我们性急的人，有一日三秋之感罢了。

鲁迅最后还是坚持了对历史的进步的期待与信念——自然，这是一种质疑中的坚守，或者说是坚守中的质疑。他在《读经与读史》一文中也表达了类似的意见。他强调"过去"的"反复"与"羼杂"，"但我并不说古来如此，现在遂无可为，劝人们对于'过去'生敬畏心，以为它已经铸定了我们的运命。Le Bon 先生说，死人之力比生人大，诚然也有一理的，然而人类究竟进化着"[1]。可以看出，鲁迅一面坚守追求历史进步的理想，同时又强调要正视历史

1　出自《这个与那个》，收录于《华盖集》。

六〇

循环的现实，而最终的归结则是坚持对现实的变革，所以他的结论是——

　　读史，就愈可以觉悟中国改革之不可缓了。

　　用改革的实践来解决（或缓解）理想与现实的矛盾，这再一次显示了鲁迅这样的"立意在反抗，指归在动作"的"精神界战士"的特色。

五

　　最后再谈一个问题：鲁迅关于建设"现在中国人的文化"，也即"中国现代文化"的战

六一

略与策略的思考。作为一个"精神界的战士"，鲁迅关于"现在中国人的生存与发展"的思考最后不能不落实到"现在中国人的文化"建设上。

在鲁迅看来，所谓"现在中国人的文化"（"中国现代文化"），就是适应"现在中国人的生存与发展"需要的文化。于是，有了这样的要求与宣言——

> 我们要说现代的，自己的话；用活着的白话，将自己的思想，感情直白地说出来。

> 大胆地说话，勇敢地进行，忘掉了一切利害，推开了古人，将自己的真心的话发表出来……

> 只有真的声音，才能感动中国的人和世界的人；必须有了真的声音，才能和世

界的人同在世界上生活。[1]

鲁迅在这里提出两个概念："自己"与"真"，即要说出现代中国人的"自己的话"，发出"真的声音"。不难看出，这与鲁迅在20世纪初所提出的"心声""白心"的概念，以及他在五四时期强调反对"瞒"和"骗"是一脉相承的。这似乎是一个不言而喻的起码的要求。但鲁迅恰恰从中看到了现代中国的基本的文化（文学）危机，我们完全可能，甚至事实上不能发出自己的声音与真的声音，以至我们已经"不能说话""哑了"。

我们已经不能将我们想说的话说出来。我们受了损害，受了侮辱，总是不能

1　出自《无声的中国》，收录于《三闲集》。

说出些应说的话。……反而在外国，倒常有说起中国的，但那都不是中国人自己的声音，是别人的声音。

（我们）不是学韩，便是学苏。韩愈苏轼他们，用他们自己的文章来说当时要说的话，那当然是可以的，我们却并非唐宋时人，怎么做和我们毫无关系的时候的文章呢。即使做得像，也是唐宋时代的声音，韩愈苏轼的声音，而不是我们现代的声音。然而直到现在，中国人却还要耍着这样的旧戏法。

显然，在鲁迅看来，现代中国人很容易失去自己的声音。因为他面对的是两个强大的文化（文学）：中国古代人所创造的中国传统文化（文学）和外国人创造的西方文化（文学）。

六四

这就需要更加强大的生命主体、足够的消化力。但如果缺乏自强自力，只"不过敬谨接受"，那就会形成双重"桎梏"，最终窒息了自己。[1]

这些话都说得十分沉痛，内含的危机感、焦虑感更给人以震撼。而且这是一种世纪焦虑，直到晚年鲁迅还向人们发出这样的警告——

我们要觉悟着被描写，还要觉悟着被描写的光荣还要多起来，还要觉悟着将来会有人以这样的事为有趣。[2]

上海复旦大学郜元宝先生在《反抗"被描写"——解说鲁迅的一个基点》中指出，鲁迅所说的"被描写"，"主要说的是自己一方"，是指我们自己缺乏文化（文学）上的自主性。

1　参看《当陶元庆君的绘画展览时》，收录于《而已集》。
2　出自《未来的光荣》，收录于《花边文学》。

"自己不积极地认识自己，表达自己，不积极发出声音来'描写自己'"，于是就只有要别人（古人与外国人，或某个意识形态的权威）来代表自己，或者用别人的话语来描写自己，从而使自己处于"被描写"的地位，也即被主宰与被奴役的地位，而且"积久成习，不仅不以为耻，反而以为'有趣'，觉得'光荣'"。这恐怕也是鲁迅的焦虑之所在吧。

于是，就有了郜元宝先生所说的"反抗'被描写'"的挣扎与努力。

真正具有自信力的现代中国人，当然不会拒绝别人来描写自己，他既要发出自己的声音，也就会尊重古人与外国人发出的他们自己的声音，而且他的"反抗'被描写'"甚至是以向古人与外国人学习如何"描写"（包括如何描写自己）为前提。鲁迅曾写过一篇文章说，如果拒绝接受"精神的粮食"，那就会由"精神的聋"而"招致了'哑'来"，同样发不出自己的声音。鲁迅之所以把几乎一半以上的精力放在翻译工作上，耗费心血著述《中国小说史略》，至死也念念不忘《中国文学史》的研究与写作，正是为了使现代中国人不至"由聋而哑，枯涸渺小，成为'末人'"。[1]

一方面，要向古人与外国人学习描写，同时又要反抗依附于古人与外国人的"被描写"，目标是"用现代中国人的自己的话真实地描写自己"，以有利于现代中国人的生存与发展。这里的关键是"创造"。鲁迅曾大声疾呼："没有冲破一切传统思想和手法的闯将，中国是不会有真的新文艺的"[2]。现在，我们可以明白这确实关系着中国现代文化的生存。

"反抗'被描写'"的本质就是创造出自己

---

[1] 参看《由聋而哑》，收录于《准风月谈》。
[2] 出自《论睁了眼看》，收录于《坟》。

的语言、形式、思想，并且自立标准。

首先是语言的创造。鲁迅在《无声的中国》里反复强调的是，现代中国人要发出自己的声音，必须创造与使用新的语言，即他所说的"现代的活人的话""活着的白话"。

语言的实验之外，还有"写法"的实验、"形式"的实验，用鲁迅的话说，就是要"以新的形，尤其是新的色"来写出"自己的世界，而其中仍有中国向来的魂灵——要字面免得流于玄虚，则就是民族性"[1]。

鲁迅在《无声的中国》里还提醒人们："单是文学革新是不够的，因为腐败思想，能用古文做，也能用白话做。所以后来就有人提倡思想革新。思想革新的结果，是发生社会革新运动。""说自己的话"有一个前提：这个"自己"

1　出自《当陶元庆君的绘画展览时我所要说的几句话》，收录于《而已集》。

必须是具有"现代思想（包括思维方式，情感方式与心理素质）"的"现代中国人"，有了这样的"人"，才会有这样的"文学"。

最后还有一个问题：用什么作为标准来衡量我们的创造？鲁迅在评价一位中国现代艺术家时有一段话，很值得注意——

他并非"之乎者也"，因为用的是新的形和新的色；而又不是"Yes""No"，因为它究竟是中国人。所以，用密达尺来量，是不对的，但也不能用什么汉朝的虑僊尺或清朝的营造尺，因为他又已经是现今的人。我想，必须用存在于现今想要参与世界上的事业的中国人的心里的尺来量，这才懂得他的艺术。[1]

[1] 出自《当陶元庆君的绘画展览时我所要说的几句话》，收录于《而已集》。

六九

鲁迅主张"以自己为主""自己裁判"。反抗"被描写",最要紧的是"自立其则",自己给自己立标准。一些人甘于"被描写"是因为总拿古人的、外国人的标准来衡量自己,因此觉得自己里外都不是,缺乏自我创造的自信力。自立标准的核心是要走出一条现代中国人自己的文化(文学)之路。这就是鲁迅为"现在中国人的文化"所确立的战略目标。他自己正是建设自主自立的中国现代文化的伟大开创者与先行者。

鲁迅关于建设中国现代文化的战略、策略思想也很值得重视。

鲁迅将他的"一要生存,二要温饱,三要发展"的思想运用于思想文化建设,时刻提醒中国的学者、作家,不要忘记自己是在怎样一种险恶的生存环境下从事思想文化的创造的。因此,首先要学会"保存自己",在这一点上他依然没有忘记魏晋文人的经验。[1] 后来的效仿者就变成为保己而保己，为生存而生存，"苟且偷生"，走上了末路。这是鲁迅所反对的，他强调"我之所谓生存，并不是苟活"[2]，也就是这个意思。

鲁迅强调"保存自己"更有深意在，他说——

这并非吝惜生命，乃是不肯虚掷生命，因为战士的生命是宝贵的。在战士不多的地方，这生命就愈宝贵。……以血的洪流淹死一个敌人，以同胞的尸体填满一个缺陷，已经是陈腐的话了。从最新的战术的

1　而"保己""至慎"又是以"志存"为前提的；"阮、稽的养生保身，是为了'俟命'，至少前边还有一个光明局面的向往"。

2　出自《北京通信》，收录于《华盖集》。

眼光看起来，这是多么大的损失。[1]

　　鲁迅之反对"赤膊上阵"，也就为此。他深知在中国这块土地上"战士"（他首先指的是"精神界的战士"）生成之难，生存之难，生长之难。人们至今不能忘记 20 世纪初他那一声仰天长叹："今索诸中国，为精神界之战士者安在？"[2] 现在，经过几代人艰苦卓绝的努力，"立人"有了最初的成果，总算培育出一批立志改革的年轻"战士"，就应该珍惜生命，减少牺牲，以保存民族精神发展的"火种"。他可以说是舌敝唇焦地告诫年轻的改革者："正规的战法，也必须对手是英雄才适用"，"和朋友在一起，可以脱掉衣服，但上阵要穿甲"，"恕我引一个小说上的典故：许褚赤体上阵，

1　出自《空谈》，收录于《华盖集》。
2　出自《摩罗诗力说》，收录于《坟》。

也就很中了好几箭。而金圣叹还笑他道："谁叫你赤膊？'"。山西一群进步青年办了一个文学社团，叫作榴花社，鲁迅写信谆谆嘱咐——

新文艺之在太原，还在开垦时代，作品似以浅显为宜，也不要激烈，这是必须察看环境和时候的。别处不明情形，或者要评为灰色也难说，但可以置之不理，万勿贪一种虚名，而反致不能出版。战斗当首先守住营垒，若专一冲锋，而反遭覆灭，乃无谋之勇，非真勇也。

鲁迅有一个老同学，是个老夫子，反对发表文章署"假名"，认为这是"不负责任的推诿的表示"。鲁迅大不以为然，批评这类"迂远"之论脱离中国的现实，既不懂得"现在的有权者，是什么东西"，更不了解现在中国人的生存环境——"人权尚无确实保障""两面的众寡强弱，又极是悬殊"。在这种情况下，要求"叫喊几声的人独要硬负片面的责任，如孩子脱衣以入虎穴，岂非大愚么"。这些地方都让我们感到鲁迅是真正地生活在"现在中国"的真实的战士，甚至可以感觉到他那颗珍爱年轻战士生命的拳拳之心。

反对"赤膊上阵"的另一面是提倡"韧性战斗"，"也就是'锲而不舍'，逐渐的做一点，总不肯休"。鲁迅说，无论爱什么，做什么，都要"纠缠如毒蛇，执着如怨鬼"[1]。这"毒蛇""怨鬼"的意象给人以惊心动魄之感，而"纠缠"与"执著"，正是建立在中国的改革空前的艰难性与长期性的科学认识基础上所必须采取的战略与策略。鲁迅以为作为中国的

1　出自《杂感》，收录于《华盖集》。

七四

战士最应该警惕的是"五分热","幻想飞得太高，堕在现实上的时候，伤就格外沉重了；力气用得太骤，歇下来的时候，身体就难于动弹了"。他因此谆谆告诫年轻人：如果选定一个目标，"与其不饮不食的履行七日或痛哭流涕的履行一月，倒不如也看书也履行至五年，或者也看戏也履行至十年，或者也寻异性朋友也履行至五十年，或者也讲情话也履行至一百年"[1]。这正是鲁迅为愿意为"现在中国人的生存和发展"而改革，奋斗的"觉悟的青年"的"设计"——

假定现今觉悟的青年的平均年龄为二十，又假定中国人易于衰老的计算，至少也还可以共同抗拒，改革，奋斗三十年，

1　出自《补白》，收录于《华盖集》。

不够，就再一代，二代……。这样的数目，从个体看来，仿佛是可怕的，但倘若这一点就怕，便无药可救，只好甘心死亡。因为在民族的历史上，这不过是一个极短时期，此外实没有更快的捷径。我们更无须迟疑，只是试练自己，自求生存，对谁也不怀恶意的干下去。[1]

恐怕我们也还得再"干下去"，"此外实没有更快的捷径"。

---

1 出自《忽然想到（十至十一）》，收录于《华盖集》。

但如果凡我所写，的确都是冷的呢？

题记

现在有谁经过西长安街一带的，总可以看见几个衣履破碎的穷苦孩子叫卖报纸。记得三四年前，在他们身上偶而还剩有制服模样的残余；再早，就更体面，简直是童子军的拟态。

那是中华民国八年，即西历一九一九年，五月四日北京学生对于山东问题的示威运动以后，因为当时散传单的是童子军，不知怎的竟惹了投机家的注意，童子军式的卖报孩子就出现了。其年十二月，日本公使小幡酉吉抗议排日运动，情形和今年大致相同；只是我们的卖报孩子却穿破了第一身新衣以后，便不再做，只见得年不如年地显出穷苦。

我在《新青年》的《随感录》中做些短评，还在这前一年，因为所评论的多是小问题，所以无可道，原因也大都忘却了。但就现在的文字看起来，除几条泛论之外，有的是对于扶乩、静坐、打拳而发的；有的是对于所谓"保存国粹"而发的；有的是对于那时旧官僚的以经验自豪而发的；有的是对于上海《时报》的讽刺画而发的。记得当时的《新青年》是正在四面受敌之中，我所对付的不过一小部分；其他大事，则本志具在，无须我多言。

五四运动之后，我没有写什么文字，现在已经说不清是不做，还是散失消灭的了。但那时革新运动，表面上却颇有些成功，于是主张革新的也就蓬蓬勃勃，而且有许多还就是在先讥笑，嘲骂《新青年》的人们，但他们却是另起了一个冠冕堂皇的名目：新文化运动。这也就是后来又将这名目反套在《新青年》身上，而又加以嘲骂讥笑的，正如笑骂白话文的人，往往自称最得风气之先，早经主张过白话文一样。

再后，更无可道了。只记得一九二一年中的一篇是对于所谓"虚无哲学"而发的；更后一年则大抵对于上海之所谓"国学家"而发，不知怎的那时忽而有许多人都自命为国学家了。

自《新青年》出版以来，一切应之而嘲骂改革，后来又赞成改革，后来又嘲骂改革者，现在拟态的制服早已破碎，显出自身的本相来了，真所谓"事实胜于雄辩"，又何待于纸笔喉舌的批评。所以我的应时的浅薄的文字，也应该置之不顾，一任其消灭的；但几个朋友却

四

以为现状和那时并没有大两样，也还可以存留，给我编辑起来了。这正是我所悲哀的。我以为凡对于时弊的攻击，文字须与时弊同时灭亡，因为这正如白血轮之酿成疮疖一般，倘非自身也被排除，则当它的生命的存留中，也即证明着病菌尚在。

但如果凡我所写，的确都是冷的呢？则它的生命原来就没有，更谈不到中国的病证究竟如何。然而，无情的冷嘲和有情的讽刺相去本不及一张纸，对于周围的感受和反应，又大概是所谓"如鱼饮水冷暖自知"的；我却觉得周围的空气太寒冽了，我自说我的话，所以反而称之曰《热风》。

一九二五年十一月三日之夜，鲁迅。

五

一九一八年

现在许多人有大恐惧；我也有大恐惧。

随感录二十五

我一直从前曾见严又陵[1]在一本什么书上发过议论，书名和原文都忘记了。大意是："在北京道上，看见许多孩子，辗转于车轮、马足之间，很怕把他们碰死了，又想起他们将来怎样得了，很是害怕。"其实别的地方，也都如此，不过车马多少不同罢了。现在到了北京，这情形还未改变，我也时时发起这样的忧虑；

---

[1] 即严复（1854—1921），原名宗光，后改名复，曾留学英国，凭借对《天演论》的创造性翻译，成启蒙之父。

一面又佩服严又陵究竟是"做"过赫胥黎《天演论》的，的确与众不同：是一个十九世纪末年中国感觉锐敏的人。

穷人的孩子蓬头垢面的在街上转，阔人的孩子妖形妖势娇声娇气的在家里转。转得大了，都昏天黑地的在社会上转，同他们的父亲一样，或者还不如。

所以看十来岁的孩子，便可以逆料二十年后中国的情形；看二十多岁的青年，——他们大抵有了孩子，尊为爹爹了，——便可以推测他儿子、孙子，晓得五十年后七十年后中国的情形。

中国的孩子，只要生，不管他好不好，只要多，不管他才不才。生他的人，不负教他的责任。虽然"人口众多"这一句话，很可以闭了眼睛自负，然而这许多人口，便只在尘土中辗转，小的时候，不把他当人，大了以后，也做不了人。

中国娶妻早是福气，儿子多也是福气。所有小孩，只是他父母福气的材料，并非将来的"人"的萌芽，所以随便辗转，没人管他，因为无论如何，数目和材料的资格，总还存在。即使偶尔送进学堂，然而社会和家庭的习惯，尊长和伴侣的脾气，却多与教育反背，仍然使他与新时代不合。大了以后，幸而生存，也不过"仍旧贯如之何"，照例是制造孩子的家伙，不是"人"的父亲，他生了孩子，便仍然不是"人"的萌芽。

最看不起女人的奥国人华宁该尔（Otto Weininger）[1] 曾把女人分成两大类：一是"母妇"，一是"娼妇"。照这分法，男人便也可以分作"父男"和"嫖男"两类了。但这父男一

1　通译奥托·魏宁格（1880—1903），奥地利哲学家、作家。

类，却又可以分成两种：其一是孩子之父，其一是"人"之父，第一种只会生，不会教，还带点嫖男的气息。第二种是生了孩子，还要想怎样教育，才能使这生下来的孩子，将来成一个完全的人。

前清末年，某省初开师范学堂的时候，有一位老先生听了，很为诧异，便发愤说："师何以还须受教，如此看来，还该有父范学堂了！"这位老先生，便以为父的资格，只要能生。能生这件事，自然便会，何须受教呢。却不知中国现在，正须父范学堂；这位先生便须编入初等第一年级。

因为我们中国所多的是孩子之父；所以以后是只要"人"之父！

一三

随感录三十三

现在有一班好讲鬼话的人，最恨科学，因为科学能教道理明白，能教人思路清楚，不许鬼混，所以自然而然的成了讲鬼话的人的对头。于是讲鬼话的人，便须想一个方法排除他。

其中最巧妙的是捣乱。先把科学东扯西拉，羼进鬼话，弄得是非不明，连科学也带了妖气：例如一位大官做的卫生哲学，里面说：

吾人初生之一点，实自脐始，故人之

根本在脐。……故脐下腹部最为重要，道书所以称之曰丹田。

用植物来比人，根须是胃，脐却只是一个蒂，离了便罢，有什么重要。但这还不过比喻奇怪罢了，尤其可怕的是：

精神能影响于血液，昔日德国科希博士发明霍乱（虎列拉）病菌，有某某二博士反对之，取其所培养之病菌，一口吞入，而竟不病。

据我所晓得的，是 Koch 博士发见（查出了前人未知的事物叫发见，创出了前人未知的器具和方法才叫发明）了真虎列拉菌；别人也发见了一种，Koch 说他不是，把他的菌吞了，后来没有病，便证明了那人所发见的，的确不是病菌。如今颠倒转来，当作"精神能改造肉体"的例证，岂不危险已极么？

　　捣乱得更凶的，是一位神童做的《三千大千世界图说》。他拿了儒、道士、和尚、耶教的糟粕，乱作一团，又密密的插入鬼话。他说能看见天上地下的情形，他看见的"地球星"，虽与我们所晓得的无甚出入，一到别的星系，可是五花八门了。因为他有天眼通，所以本领在科学家之上。他先说道：

　　　　今科学家之发明，欲观天文则用天文镜……然犹不能持此以观天堂、地狱也。究之学问之道如大海然，万不可入海饮一滴水，即自足也。

　　他虽然也分不出发见和发明的不同，论学问却颇有理。但学问的大海，究竟怎样情形呢？

他说：

> 赤精天……有毒火坑，以水晶盖压之。若遇某星球将坏之时，即去某星球之水晶盖，则毒火大发，焚毁民物。

> 众星……大约分为三种：曰恒星、行星、流星。……据西学家言，恒星有三十五千万，以小子视之，不下七千万万也。……行星共计一百千万大系。……流星之多，倍于行星。……其绕日者，约三十三年一周，每秒能行六十五里。

> 日面纯为大火。……因其热力极大，人不能生，故太阳星君居焉。

其余怪话还多；但讲天堂的远不及六朝方士的《十洲记》[1]，讲地狱的也不过钞袭《玉

1 即《海内十洲记》，古代志怪小说集。

历钞传》[1]。这神童算是糟了！另外还有感慨的话，说科学害了人。上面一篇"嗣汉六十二代天师正一真人张元旭"的序文，尤为单刀直入，明明白白道出：

自拳匪假托鬼神，致招联军之祸，几至国亡种灭，识者痛心疾首，固已极矣。又适值欧化东渐，专讲物质文明之秋，遂本科学家世界无帝神管辖，人身无魂魄轮回之说，奉为国是，俾播印于人人脑髓中，自是而人心之敬畏绝矣。敬畏绝而道德无根柢以发生矣！放僻邪侈，肆无忌惮，争权夺利，日相战杀，其祸将有甚于拳匪者！……

1　即《玉历至宝钞传》，中国民间流传很广的善书，对因果报应观念影响较大。

这简直说是万恶都由科学，道德全靠鬼话；而且与其科学，不如拳匪了。从前的排斥外来学术和思想，大抵专靠皇帝；自六朝至唐宋，凡攻击佛教的人，往往说他不拜君父，近乎造反。现在没有皇帝了，却寻出一个"道德"的大帽子，看他何等利害。不提防想不到的一本绍兴《教育杂志》里面，也有一篇仿古先生的《教育偏重科学无甯偏重道德》（甯字原文如此，疑是避讳）的论文，他说：

　　西人以数百年科学之心力，仅酿成此次之大战争。……科学云乎哉？多见其为残贼人道矣！

　　偏重于科学，则相尚于知能；偏重于道德，则相尚于欺伪。相尚于欺伪，则祸止于欺伪，相尚于知能，则欺伪莫由得而明矣！

虽然不说鬼神为道德根本，至于向科学宣告死刑，却居然两教同心了。所以"拳匪"的传单上，明白写着："孔圣人张天师傅言由山东来，赶紧急傅，并无虚言！"

（傅字原文如此，疑传字之误。）

照他们看来，这般可恨可恶的科学世界，怎样挽救呢？《灵学杂志》内俞复先生答吴稚晖先生书里说过："鬼神之说不张，国家之命遂促！"可知最好是张鬼神之说了。鬼神为道德根本，也与张天师和仿古先生的意见毫不冲突。可惜近来北京乩坛，又印出一本《感显利冥录》，内有前任北京城隍白知和谛闲法师的问答：

师云："发愿一事，的确要紧。……此次由南方来，闻某处有济公临坛，所说之话，殊难相信。济祖是阿罗汉，见思惑已尽，断不为此。……不知某会临坛者，是济祖否？请示。"

乩云："承谕发愿，……谨记斯言。某处坛，灵鬼附之耳。须知灵鬼，即魔道也。知此后当发愿驱除此等之鬼。"

"师云"的发愿，城隍竟不能懂；却先与某会力争正统。照此看来，国家之命未延，鬼兵先要打仗；道德仍无根柢，科学也还该活命了。

其实中国自所谓维新以来，何尝真有科学。现在儒道诸公，却径把历史上一味捣鬼不治人事的恶果，都移到科学身上，也不问什么叫道德，怎样是科学，只是信口开河，造谣生事；使国人格外惑乱，社会上罩满了妖气。以上所引的话，不过随手拈出的几点黑影；此外自大埠以至僻地，还不知有多少奇谈。但即此几条，已足可推测我们周围的空气，以及将来的情形，如何黑暗可怕了。

据我看来，要救治这"几至国亡种灭"的中国，那种"孔圣人张天师传言由山东来"的方法，是全不对症的，只有这鬼话的对头的科学！——不是皮毛的真正科学！——这是什么缘故呢？陈正敏《遁斋闲览》有一段故事（未见原书，据《本草纲目》所引写出，但这也全是道士所编造的谣言，并非事实，现在只当他比喻用）说得好：

> 杨勔中年得异疾；每发语，腹中有小声应之，久渐声大。有道士见之，曰："此应声虫也！"但读《本草》取不应者治之。读至雷丸，不应，遂顿服数粒而愈。

关于吞食病菌的事，我上文所说的大概也

是错的，但现在手头无书可查。也许是 Koch 博士发见了虎列拉菌时，Pfeffer 博士以为不是真病菌，当面吞下去了，后来病得几乎要死。总之，无论如何，这一案决不能作"精神能改造肉体"的例证。

一九二五年九月二十四日补记.

二三

随感录三十五

从清期末年，直到现在，常常听人说"保存国粹"这一句话。

前清末年说这话的人，大约有两种：一是爱国志士，一是出洋游历的大官。他们在这题目的背后，各各藏着别的意思。志士说保存国粹，是光复旧物的意思；大官说保存国粹，是教留学生不要去剪辫子的意思。

现在成了民国了。以上所说的两个问题，已经完全消灭。所以我不能知道现在说这话的是那一流人，这话的背后藏着什么意思了。

可是保存国粹的正面意思，我也不懂。

什么叫"国粹"？照字面看来，必是一国独有，他国所无的事物了。换一句话，便是特别的东西。但特别未必定是好，何以应该保存？

譬如一个人，脸上长了一个瘤，额上肿出一颗疮，的确是与众不同，显出他特别的样子，可以算他的"粹"。然而据我看来，还不如将这"粹"割去了，同别人一样的好。

倘说：中国的国粹，特别而且好；又何以现在糟到如此情形，新派摇头，旧派也叹气。

倘说：这便是不能保存国粹的缘故，开了海禁的缘故，所以必须保存。但海禁未开以前，全国都是"国粹"，理应好了；何以春秋、战国、五胡十六国闹个不休，古人也都叹气。

倘说：这是不学成汤、文、武、周公的

缘故；何以真正成汤、文、武、周公时代，也先有桀纣暴虐，后有殷顽作乱；后来仍旧弄出春秋、战国、五胡十六国闹个不休，古人也都叹气。

我有一位朋友说得好："要我们保存国粹，也须国粹能保存我们。"

保存我们，的确是第一义。只要问他有无保存我们的力量，不管他是否国粹。

随感录三十六

现在许多人有大恐惧；我也有大恐惧。

许多人所怕的，是"中国人"这名目要消灭；我所怕的，是中国人要从"世界人"中挤出。

我以为"中国人"这名目，决不会消灭；只要人种还在，总是中国人。譬如埃及、犹太人，无论他们还有"国粹"没有，现在总叫他埃及、犹太人，未尝改了称呼。可见保存名目，全不必劳力费心。

但是想在现今的世界上，协同生长，挣一地位，即须有相当的进步的智识、道德、品格、思想，才能够站得住脚：这事极须劳力费心。而"国粹"多的国民，尤为劳力费心，因为他的"粹"太多。粹太多，便太特别。太特别，便难与种种人协同生长，挣得地位。

有人说："我们要特别生长；不然，何以为中国人！"

于是乎要从"世界人"中挤出。

于是乎中国人失了世界，却暂时仍要在这世界上住！——这便是我的大恐惧。

二八

随感录三十七

近来很有许多人，在那里竭力提倡打拳。记得先前也曾有过一回，但那时提倡的，是满清王公大臣，现在却是民国的教育家，位分略有不同。至于他们的宗旨，是一是二，局外人便不得而知。

现在那班教育家，把"九天玄女传与轩辕黄帝，轩辕黄帝传与尼姑"的老方法，改称"新武术"，又是"中国式体操"，叫青年去练习。听说其中好处甚多，重要的举出两种来，是：

一、用在体育上。据说中国人学了外国体操，不见效验；所以须改习本国式体操（即打拳）才行。依我想来：两手拿着外国铜锤或木棍，把手脚左伸右伸的，大约于筋肉发达上，也该有点"效验"。无如竟不见效验！那自然只好改途去练"武松脱铐"那些把戏了。这或者因为中国人生理上与外国人不同的缘故。

二、用在军事上。中国人会打拳，外国人不会打拳：有一天见面对打，中国人得胜，是不消说的了。即使不把外国人"板油扯下"，只消一阵"乌龙扫地"，也便一齐扫倒，从此不能爬起。无如现在打仗，总用枪炮。枪炮这件东西，中国虽然"古时也已有过"，可是此刻没有了。藤牌操法，又不练习，怎能御得枪炮？我想（他们不曾说明，这是我的"管窥蠡测"）：打拳打下去，总可达到"枪炮打不进"的程度（即内功？）。这件事从前已经试过一次，在一千九百年。[1] 可惜那一回真是名誉的完全失败了。且看这一回如何。

1　指义和团。迷信思想是义和团的思想支柱之一，用"神灵附体"等符咒来鼓舞士气、联结各个组织。

随感录三十八

 中国人向来有点自大。——只可惜没有"个人的自大",都是"合群的爱国的自大"。这便是文化竞争失败之后,不能再见振拔改进的原因。

 "个人的自大",就是独异,是对庸众宣战。除精神病学上的夸大狂外,这种自大的人,大抵有几分天才,——照 Nordau[1] 等说,也可说

---

1 诺道(1849—1923),医生、作家和犹太复国主义者,生于布达佩斯,定居巴黎,1883 年凭《人类文化的传统骗局》获世界声誉。

就是几分狂气。他们必定自己觉得思想见识高出庸众之上，又为庸众所不懂，所以愤世疾俗，渐渐变成厌世家，或"国民之敌"。但一切新思想，多从他们出来，政治上，宗教上，道德上的改革，也从他们发端。所以多有这"个人的自大"的国民，真是多福气！多幸运！

"合群的自大"，"爱国的自大"，是党同伐异，是对少数的天才宣战；——至于对别国文明宣战，却尚在其次。他们自己毫无特别才能，可以夸示于人，所以把这国拿来做个影子；他们把国里的习惯制度抬得很高，赞美的了不得；他们的国粹，既然这样有荣光，他们自然也有荣光了！倘若遇见攻击，他们也不必自去应战，因为这种蹲在影子里张目摇舌的人，数目极多，只须用mob[1]的长技，一阵乱噪，便可制胜。

1　即暴民。

胜了，我是一群中的人，自然也胜了；若败了时，一群中有许多人，未必是我受亏；大凡聚众滋事时，多具这种心理，也就是他们的心理。他们举动，看似猛烈，其实却很卑怯。至于所生结果，则复古、尊王、扶清灭洋等等，已领教得多了。所以多有这"合群的爱国的自大"的国民，真是可哀，真是不幸！

不幸中国偏只多这一种自大：古人所作所说的事，没一件不好，遵行还怕不及，怎敢说到改革？这种爱国的自大家的意见，虽各派略有不同，根柢总是一致，计算起来，可分作下列五种：

甲云："中国地大物博，开化最早；道德天下第一。"这是完全自负。

乙云："外国物质文明虽高，中国精神文明更好。"

丙云："外国的东西，中国都已有过；某

种科学，即某子所说的云云"，这两种都是"古今中外派"的支流；依据张之洞的格言，以"中学为体西学为用"的人物。

丁云："外国也有叫化子，——（或云）也有草舍，——娼妓，——臭虫。"这是消极的反抗。

戊云："中国便是野蛮的好，"又云："你说中国思想昏乱，那正是我民族所造成的事业的结晶。从祖先昏乱起，直要昏乱到子孙；从过去昏乱起，直要昏乱到未来。……（我们是四万万人，）你能把我们灭绝么？"这比"丁"更进一层，不去拖人下水，反以自己的丑恶骄人；至于口气的强硬，却很有《水浒传》中牛二的态度。

五种之中，甲、乙、丙、丁的话，虽然已很荒谬，但同戊比较，尚觉情有可原，因为他们还有一点好胜心存在。譬如衰败人家的子弟，看见别家兴旺，多说大话，摆出大家架子；或寻求人家一点破绽，聊给自己解嘲。这虽然极是可笑，但比那一种掉了鼻子，还说是祖传老病，夸示于众的人，总要算略高一步了。

戊派的爱国论最晚出，我听了也最寒心；这不但因其居心可怕，实因他所说的更为实在的缘故。昏乱的祖先，养出昏乱的子孙，正是遗传的定理。民族根性造成之后，无论好坏，改变都不容易的。法国 G. Le Bon[1] 著《民族进化的心理》中，说及此事道，（原文已忘，今但举其大意）——"我们一举一动，虽似自主，其实多受死鬼的牵制。将我们一代的人，和先前几百代的鬼比较起来，数目上就万不能敌了。"我们几百代的祖先里面，昏乱的人，定然不少：有讲道学的儒生，也有讲阴阳五行的

---

1   勒庞（1841—1931），法国社会心理学家，群体心理学创始人，代表作有《乌合之众》。

道士，有静坐炼丹的仙人，也有打脸打把子的戏子。所以我们现在虽想好好做"人"，难保血管里的昏乱分子不来作怪，我们也不由自主，一变而为研究丹田脸谱的人物：这真是大可寒心的事。但我总希望这昏乱思想遗传的祸害，不至于有梅毒那样猛烈，竟至百无一免。即使同梅毒一样，现在发明了六百零六，肉体上的病，既可医治；我希望也有一种七百零七的药，可以医治思想上的病。这药原来也已发明，就是"科学"一味。只希望那班精神上掉了鼻子的朋友，不要又打着"祖传老病"的旗号来反对吃药，中国的昏乱病，便也总有全愈的一天。祖先的势力虽大，但如从现代起，立意改变：扫除了昏乱的心思，和助成昏乱的物事（儒道两派的文书），再用了对症的药，即使不能立刻奏效，也可把那病毒略略羼淡。如此几代之后待我们成了祖先的时候，就可以分得昏乱祖先的若干势力，那时便有转机，Le Bon 所说的事，也不足怕了。

以上是我对于"不长进的民族"的疗救方法；至于"灭绝"一条，那是全不成话，可不必说。"灭绝"这两个可怕的字，岂是我们人类应说的？只有张献忠这等人曾有如此主张，至今为人类唾骂；而且于实际上发生出什么效验呢？但我有一句话，要劝戊派诸公。"灭绝"这句话，只能吓人，却不能吓倒自然。他是毫无情面：他看见有自向灭绝这条路走的民族，便请他们灭绝，毫不客气。我们自己想活，也希望别人都活；不忍说他人的灭绝，又怕他们自己走到灭绝的路上，把我们带累了也灭绝，所以在此着急。倘使不改现状，反能兴旺，能得真实自由的幸福生活，那就是做野蛮也很好。——但可有人敢答应说"是"么？

三八

一九一九年

我们还要叫出没有爱的悲哀，叫出无所可爱的悲哀。

随感录三十九

　　《新青年》的五卷四号，隐然是一本戏剧改良号，我是门外汉，开口不得；但见《再论戏剧改良》[1]这一篇中，有"中国人说到理想，便含着轻薄的意味，觉得理想即是妄想，理想家即是妄人"一段话，却令我发生了追忆，不免又要说几句空谈。

　　据我的经验，这理想价值的跌落，只是

1　作者为傅斯年。

近五年以来的事。民国以前，还未如此，许多国民，也肯认理想家是引路的人。到了民国元年前后，理论上的事情，著著实现，于是理想派——深浅真伪现在姑且弗论——也格外举起头来。一方面却有旧官僚的攘夺政权，以及遗老受冷不过，豫备下山，都痛恨这一类理想派，说什么闻所未闻的学理法理，横亘在前，不能大踏步摇摆。于是沉思三日三夜，竟想出了一种兵器，有了这利器，才将"理"字排行的元恶大憝，一律肃清。这利器的大名，便叫"经验"。现在又添上一个雅号，便是高雅之至的"事实"。

经验从那里得来，便是从清朝得来的。经验提高了他的喉咙含含糊糊说："狗有狗道理，鬼有鬼道理，中国与众不同，也自有中国道理。道理各各不同，一味理想，殊堪痛恨。"这时候，正是上下一心理财强种的时候，而且带着理字的，又大半是洋货，爱国之士，义当排斥。所以一转眼便跌了价值；一转眼便遭了嘲骂；又一转眼，便连他的影子，也同拳民时代的教民一般，竟犯了与众共弃的大罪了。

但我们应该明白，人格的平等，也是一种外来的旧理想；现在"经验"既已登坛，自然株连着化为妄想，理合不分首从，全踏在朝靴底下，以符列祖列宗的成规。这一踏不觉过了四五年，经验家虽然也增加了四五岁，与素未经验的生物学学理——死——渐渐接近，但这与众不同的中国，却依然不是理想的住家。一大批踏在朝靴底下的学习诸公，早经竭力大叫，说他也得了经验了。

但我们应该明白，从前的经验，是从皇帝脚底下学得；现在与将来的经验，是从皇帝的奴才的脚底下学得。奴才的数目多，心传的经验家也愈多。待到经验家二世的全盛时代，那

四四

便是理想单被轻薄，理想家单当妄人，还要算是幸福侥幸了。

现在的社会，分不清理想与妄想的区别。再过几时，还要分不清"做不到"与"不肯做到"的区别，要将扫除庭园与劈开地球混作一谈。理想家说，这花园有秽气，须得扫除，——到那时候，说这宗话的人，也要算在理想党里，——他却说道，他们从来在此小便，如何扫除？万万不能，也断乎不可！

那时候，只要从来如此，便是宝贝。即使无名肿毒，倘若生在中国人身上，也便"红肿之处，艳若桃花；溃烂之时，美如乳酪"。国粹所在，妙不可言。那些理想学理法理，既是洋货，自然完全不在话下了。

但最奇怪的，是七年十月下半，忽有许多经验家、理想经验双全家、经验理想未定家，都说公理战胜了强权[1]；还向公理颂扬了一番，客气了一顿。这事不但溢出了经验的范围，而且又添上一个理字排行的厌物。将来如何收场，我是毫无经验，不敢妄谈。经验诸公，想也未曾经验，开口不得。

没有法，只好在此提出，请教受人轻薄的理想家了。

1　第一次世界大战结束后，"公理战胜强权"在中国成为流传极广的口号。

四六

随感录四十

终日在家里坐，至多也不过看见窗外四角形惨黄色的天，还有什么感？只有几封信，说道，"久违芝宇，时切葭思；"有几个客，说道，"今天天气很好"：都是祖传老店的文字语言。写的说的，既然有口无心，看的听的，也便毫无所感了。

有一首诗，从一位不相识的少年寄来，却对于我有意义——

四七

爱　情

我是一个可怜的中国人。爱情！我不知道你是什么。

我有父母，教我育我，待我很好；我待他们，也还不差。我有兄弟姊妹，幼时共我玩耍，长来同我切磋，待我很好；我待他们，也还不差。但是没有人曾经"爱"过我，我也不曾"爱"过他。

我年十九，父母给我讨老婆。于今数年，我们两个，也还和睦。可是这婚姻，是全凭别人主张，别人撮合：把他们一日戏言，当我们百年的盟约。仿佛两个牲口听着主人的命令："咄，你们好好的住在一块儿罢！"

爱情，可怜我不知道你是什么！

诗的好歹，意思的深浅，姑且勿论；但我

四八

说，这是血的蒸气，醒过来的人的真声音。

爱情是什么东西？我也不知道。中国的男女大抵一对或一群——一男多女——的住着，不知道有谁知道。

但从前没有听到苦闷的叫声。即使苦闷，一叫便错；少的老的，一齐摇头，一齐痛骂。

然而无爱情结婚的恶结果，却连续不断的进行。形式上的夫妇，既然都全不相关，少的另去姘人宿娼，老的再来买妾：麻痹了良心，各有妙法。所以直到现在，不成问题。但也曾造出一个"妒"字，略表他们曾经苦心经营的痕迹。

可是东方发白，人类向各民族所要的是"人"，——自然也是"人之子"——我们所有的是单是人之子，是儿媳妇与儿媳之夫，不能献出于人类之前。

可是魔鬼手上，终有漏光的处所，掩不住

光明：人之子醒了；他知道了人类间应有爱情；知道了从前一班少的老的所犯的罪恶；于是起了苦闷，张口发出这叫声。

但在女性一方面，本来也没有罪，现在是做了旧习惯的牺牲。我们既然自觉着人类的道德，良心上不肯犯他们少的老的的罪，又不能责备异性，也只好陪着做一世牺牲，完结了四千年的旧账。

做一世牺牲，是万分可怕的事；但血液究竟干净，声音究竟醒而且真。

我们能够大叫，是黄莺便黄莺般叫；是鸱鸮便鸱鸮般叫。我们不必学那才从私窝子里跨出脚，便说"中国道德第一"的人的声音。

我们还要叫出没有爱的悲哀，叫出无所可爱的悲哀。……我们要叫到旧账勾消的时候。

旧账如何勾消？我说，"完全解放了我们的孩子！"

愿中国青年都摆脱冷气，只是向上走，不必听自暴自弃者流的话。

随感录四十一

从一封匿名信里看见一句话，是"数麻石片"（原注江苏方言），大约是没有本领便不必提倡改革，不如去数石片的好的意思。因此又记起了本志通信栏内所载四川方言的"洗煤炭"[1]。想来别省方言中，相类的话还多；

1　出自 1918 年 8 月 15 日《新青年》第 5 卷第 2 号，任鸿隽写给胡适的信："《新青年》一面讲改良文学，一面讲废灭汉文，是否自相矛盾？既要废灭不用，又用力去改良不用的物件。我们四川有句俗话说：'你要没有事做，不如洗煤炭去罢。'"

五
四

守着这专劝人自暴自弃的格言的人，也怕并不少。

　　凡中国人说一句话，做一件事，倘与传来的积习有若干抵触，须一个斤斗便告成功，才有立足的处所；而且被恭维得烙铁一般热。否则免不了标新立异的罪名，不许说话；或者竟成了大逆不道，为天地所不容。这一种人，从前本可以夷到九族，连累邻居；现在却不过是几封匿名信罢了。但意志略略薄弱的人便不免因此萎缩，不知不觉的也入了"数麻石片"党。

　　所以现在的中国，社会上毫无改革，学术上没有发明，美术上也没有创作；至于多人继续的研究，前仆后继的探险，那更不必提了。国人的事业，大抵是专谋时式的成功的经营，以及对于一切的冷笑。

　　但冷笑的人，虽然反对改革，却又未必有

保守的能力：即如文字一面，白话固然看不上眼，古文也不甚提得起笔。照他的学说，本该去"数麻石片"了；他却又不然，只是莫名其妙的冷笑。

中国的人，大抵在如此空气里成功，在如此空气里萎缩腐败，以至老死。

我想，人猿同源的学说，大约可以毫无疑义了。但我不懂，何以从前的古猴子，不都努力变人，却到现在还留着子孙，变把戏给人看。还是那时竟没有一匹想站起来学说人话呢？还是虽然有了几匹，却终被猴子社会攻击他标新立异，都咬死了；所以终于不能进化呢？

尼采式的超人，虽然太觉渺茫，但就世界现有人种的事实看来，却可以确信将来总有尤为高尚尤近圆满的人类出现。到那时候，类人猿上面，怕要添出"类猿人"这一个名词。

所以我时常害怕，愿中国青年都摆脱冷气，

只是向上走，不必听自暴自弃者流的话。能做事的做事，能发声的发声。有一分热，发一分光，就令萤火一般，也可以在黑暗里发一点光，不必等候炬火。

此后如竟没有炬火：我便是唯一的光。倘若有了炬火，出了太阳，我们自然心悦诚服的消失，不但毫无不平，而且还要随喜赞美这炬火或太阳；因为他照了人类，连我都在内。

我又愿中国青年都只是向上走，不必理会这冷笑和暗箭。尼采说：

真的，人是一个浊流。应该是海了，能容这浊流使他干净。

咄，我教你们超人：这便是海，在他这里，能容下你们的大侮蔑。（《札拉图如是说》的《序言》第三节）

五七

纵令不过一洼浅水，也可以学学大海；横竖都是水，可以相通。几粒石子，任他们暗地里掷来；几滴秽水，任他们从背后泼来就是了。

　　这还算不到"大侮蔑"——因为大侮蔑也须有胆力。

随感录四十二

听得朋友说，杭州英国教会里的一个医生，在一本医书上做一篇序，称中国人为土人；我当初颇不舒服，子细再想，现在也只好忍受了。土人一字，本来只说生在本地的人，没有什么恶意。后来因其所指，多系野蛮民族，所以加添了一种新意义，仿佛成了野蛮人的代名词。他们以此称中国人，原不免有侮辱的意思；但我们现在，却除承受这个名号以外，实是别无方法。因为这类是非，都凭事实，并非单用口舌可以争得的。试看中国的社会里，吃人，劫掠，残杀，人身卖买，生殖器崇拜，灵学，一夫多妻，凡有所谓国粹，没一件不与蛮人的文化（？）恰合。拖大辫，吸鸦片，也正与土人的奇形怪状的编发及吃印度麻一样。至于缠足，更要算在土人的装饰法中，第一等的新发明了。他们也喜欢在肉体上做出种种装饰：剜空了耳朵嵌上木塞；下唇剜开一个大孔，插上一支兽骨，像鸟嘴一般；面上雕出兰花；背上刺出燕子；女人胸前做成许多圆的长的疙瘩。可是他们还能走路，还能做事；他们终是未达一间，想不到缠足这好法子。……世上有如此不知肉体上的苦痛的女人，以及如此以残酷为乐，丑恶为美的男子，真是奇事怪事。

　　自大与好古，也是土人的一个特性。英国人乔治葛来[1]任纽西兰总督的时候，做了一部

1　通译乔治·格雷（1812—1898），英国探险家，曾任新西兰和开普敦总督、新西兰总理。

《多岛海神话》，序里说他著书的目的，并非全为学术，大半是政治上的手段。他说，纽西兰土人是不能同他说理的。只要从他们的神话的历史里，抽出一条相类的事来做一个例，讲给酋长祭师们听，一说便成了。譬如要造一条铁路，倘若对他们说这事如何有益，他们决不肯听；我们如果根据神话，说从前某某大仙，曾推着独轮车在虹霓上走，现在要仿他造一条路，那便无所不可了（原文已经忘却，以上所说只是大意）。中国"十三经""二十五史"，正是酋长、祭师们一心崇奉的治国平天下的谱，此后凡与土人有交涉的"西哲"，倘能人手一编，便助成了我们的"东学西渐"，很使土人高兴；但不知那译本的序上写些什么呢？

六一

随感录四十三

进步的美术家，——这是我对于中国美术界的要求。

美术家固然须有精熟的技工，但尤须有进步的思想与高尚的人格。他的制作，表面上是一张画或一个雕像，其实是他的思想与人格的表现。令我们看了，不但欢喜赏玩，尤能发生感动，造成精神上的影响。

我们所要求的美术家，是能引路的先觉，不是"公民团"的首领。我们所要求的美术品，是表记中国民族知能最高点的标本，不是水平线以下的思想的平均分数。

近来看见上海什么报的增刊《泼克》[1] 上，有几张讽刺画。他的画法，倒也模仿西洋；可是我很疑惑，何以思想如此顽固，人格如此卑劣，竟同没有教育的孩子只会在好好的白粉墙上写几个"某某是我而子"一样。可怜外国事物，一到中国，便如落在黑色染缸里似的，无不失了颜色。美术也是其一：学了体格还未匀称的裸体画，便画猥亵画；学了明暗还未分明的静物画，只能画招牌。皮毛改新，心思仍旧，结果便是如此。至于讽刺画之变为人身攻击的器具，更是无足深怪了。

说起讽刺画，不禁想到美国画家勃拉特

1　上海《时事新报》图画增刊，中国第一份漫画期刊，创办于 1918 年，因主编沈泊尘为主要的画稿提供者，又名《泊尘滑稽画报》。

来（L. D. Bradley 1853 — 1917）了。他专画讽刺画，关于欧战的画，尤为有名：只可惜前年死掉了。我见过他一张《秋收时之月》（*The Harvest Moon*）的画。上面是一个形如骷髅的月亮，照着荒田；田里一排一排的都是兵的死尸。唉唉，这才算得真的进步的美术家的讽刺画。我希望将来中国也能有一日，出这样一个进步的讽刺画家。

六四

随感录四十六

民国八年正月间，我在朋友家里见到上海一种什么报的星期增刊讽刺画，正是开宗明义第一回；画着几方小图，大意是骂主张废汉文的人的；说是给外国医生换上外国狗的心了，所以读罗马字时，全是外国狗叫。但在小图的上面，又有两个双钩大字"泼克"，似乎便是这增刊的名目；可是全不像中国话。我因此很觉这美术家可怜：他 —— 对于个人的人身攻击姑且不论 —— 学了外国画，来骂外国话，然而所用的名目又仍然是外国话。讽刺画本可以针砭社会的锢疾；现在施针砭的人的眼光，在一方尺大的纸片上，尚且看不分明，怎能指出确当的方向，引导社会呢？

这几天又见到一张所谓《泼克》，是骂提倡新文艺的人了。大旨是说凡所崇拜的，都是外国的偶像。我因此愈觉这美术家可怜：他学了画，而且画了《泼克》，竟还未知道外国画也是文艺之一。他对于自己的本业，尚且罩在黑坛子里，摸不清楚，怎能有优美的创作，贡献于社会呢？

但"外国偶像"四个字，却亏他想了出来。

不论中外，诚然都有偶像。但外国是破坏偶像的人多；那影响所及，便成功了宗教改革，法国革命。旧像愈摧破，人类便愈进步；所以现在才有比利时的义战，与人道的光明。那达尔文、易卜生、托尔斯泰、尼采诸人，便都是近来偶像破坏的大人物。

　　在这一流偶像破坏者，《泼克》却完全无用；因为他们都有确固不拔的自信，所以决不理会偶像保护者的嘲骂。易卜生说：

　　　　我告诉你们，是这个——世界上最强壮有力的人，就是那孤立的人。（见《国民之敌》）

但也不理会偶像保护者的恭维。尼采说：

　　　　他们又拿着称赞，围住你嗡嗡的叫：他们的称赞是厚脸皮。他们要接近你的皮肤和你的血。（《札拉图如是说》第二卷《市场之蝇》）

　　这样，才是创作者。——我辈即使才力不

及，不能创作，也该当学习；即使所崇拜的仍然是新偶像，也总比中国陈旧的好。与其崇拜孔丘、关羽，还不如崇拜达尔文、易卜生；与其牺牲于瘟将军、五道神，还不如牺牲于Apollo[1]。

---

1 阿波罗，是古希腊神话中的光明之神、文艺之神，同时也是罗马神话中的太阳神。

随感录四十七

有人做了一块象牙片，半寸方，看去也没有什么；用显微镜一照，却看见刻着一篇行书的《兰亭序》。我想：显微镜的所以制造，本为看那些极细微的自然物的；现在既用人工，何妨便刻在一块半尺方的象牙板上，一目了然，省却用显微镜的工夫呢？

张三、李四是同时人。张三记了古典来做古文；李四又记了古典，去读张三做的古文。我想：古典是古人的时事，要晓得那时的事，所以免不了翻着古典；现在两位既然同时，何妨老实说出，一目了然，省却你也记古典，我也记古典的工夫呢？

内行的人说：什么话！这是本领，是学问！

我想，幸而中国人中，有这一类本领学问的人还不多。倘若谁也弄这玄虚：农夫送来了一粒粉，用显微镜照了，却是一碗饭；水夫挑来用水湿过的土，想喝茶的又须挤出湿土里的水：那可真要支撑不住了。

随感录四十八

中国人对于异族，历来只有两样称呼：一样是禽兽，一样是圣上，从没有称他朋友，说他也同我们一样的。

古书里的弱水，竟是骗了我们：闻所未闻的外国人到了，交手几回。渐知道"子曰诗云"似乎无用，于是乎要维新。

维新以后，中国富强了，用这学来的新，打出外来的新，关上大门，再来守旧。

可惜维新单是皮毛，关门也不过一梦。外

国的新事理，却愈来愈多，愈优胜，"子曰诗云"也愈挤愈苦，愈看愈无用。于是从那两样旧称呼以外，别想了一样新号："西哲"，或曰"西儒"。

他们的称号虽然新了，我们的意见却照旧。因为"西哲"的本领虽然要学，"子曰诗云"也更要昌明。换几句话，便是学了外国本领，保存中国旧习。本领要新，思想要旧。要新本领旧思想的新人物，驮了旧本领旧思想的旧人物，请他发挥多年经验的老本领。一言以蔽之：前几年谓之"中学为体，西学为用"，这几年谓之"因时制宜，折衷至当"。

其实世界上决没有这样如意的事。即使一头牛，连生命都牺牲了，尚且祀了孔便不能耕田，吃了肉便不能榨乳。何况一个人先须自己活着，又要驮了前辈先生活着；活着的时候，又须恭听前辈先生的折衷：早上打拱，晚上握手；上午"声光化电"，下午"子曰诗云"呢？

社会上最迷信鬼神的人，尚且只能在赛会这一日抬一回神舆。不知那些学"声光化电"的"新进英贤"，能否驼着山野隐逸，海滨遗老，折衷一世？

"西哲"易卜生盖以为不能，以为不可。所以借了 Brand 的嘴说："All or nothing！"[1]

[1]　出自易卜生于 1865 年创作的诗剧《布朗德》。

随感录四十九

　　凡有高等动物，倘没有遇着意外的变故，总是从幼到壮，从壮到老，从老到死。

　　我们从幼到壮，既然毫不为奇的过去了；自此以后，自然也该毫不为奇的过去。

　　可惜有一种人，从幼到壮，居然也毫不为奇的过去了；从壮到老，便有点古怪；从老到死，却更奇想天开，要占尽了少年的道路，吸尽了少年的空气。

　　少年在这时候，只能先行萎黄，且待将来

七四

老了，神经血管一切变质以后，再来活动。所以社会上的状态，先是"少年老成"；直待弯腰曲背时期，才更加"逸兴遄飞"，似乎从此以后，才上了做人的路。

可是究竟也不能自忘其老；所以想求神仙。大约别的都可以老，只有自己不肯老的人物，总该推中国老先生算一甲一名。

万一当真成了神仙，那便永远请他主持，不必再有后进，原也是极好的事。可惜他又究竟不成，终于个个死去，只留下造成的老天地，教少年驮着吃苦。

这真是生物界的怪现象！

我想种族的延长，——便是生命的连续，——的确是生物界事业里的一大部分。何以要延长呢？不消说是想进化了。但进化的途中总须新陈代谢。所以新的应该欢天喜地的向前走去，这便是壮，旧的也应该欢天喜地的向前走去，这便是死；各各如此走去，便是进化的路。

老的让开道，催促着，奖励着，让他们走去。路上有深渊，便用那个死填平了，让他们走去。

少的感谢他们填了深渊，给自己走去；老的也感谢他们从我填平的深渊上走去。——远了远了。

明白这事，便从幼到壮到老到死，都欢欢喜喜的过去；而且一步一步；多是超过祖先的新人。

这是生物界正当开阔的路！人类的祖先，都已这样做了。

七六

随感录五十三

上海盛德坛扶乩，由"孟圣"主坛；在北京便有城隍白知降坛，说他是"邪鬼"。盛德坛后来却又有什么真人下降，谕别人不得擅自扶乩。

北京议员王讷提议推行新武术，以"强国强种"；中华武士会便率领了一班天罡拳、阴截腿之流，大分冤单，说他"抑制暴弃祖性相传之国粹"。

绿帜社提倡"爱世语"，专门崇拜"柴

圣"[1]，说别种国际语（如 Ido 等）是冒牌的。

上海有一种单行的《泼克》，又有一种报上增刊的《泼克》[2]；后来增刊《泼克》登广告声明要将送错的单行《泼克》的信件撕破。

上海有许多"美术家"；其中的一个美术家，不知如何散了伙，便在《泼克》上大骂别的美术家"盲目盲心"，不知道新艺术真艺术。

以上五种同业的内讧，究竟是什么原因，局外人本来不得而知。但总觉现在时势不很太平，无论新的旧的，都各各起哄：扶乩拳那些鬼画符的东西，倒也罢了；学几句世界语，画几笔花，也是高雅的事，难道也要同行嫉妒，必须声明鱼目混珠，雷击火焚么？

我对于那"美术家"的内讧又格外失望。

1　指世界语创始人柴门霍夫。

2　"泼克"（puck）最初来自莎士比亚的《仲夏夜之梦》，指顽皮但内心善良的精灵，后英国幽默讽刺杂志取名"Punch"致敬莎士比亚。该杂志影响了《泼克》增刊的创立。

七八

我于美术虽然全是门外汉，但很望中国有新兴美术出现。现在上海那班美术家所做的，是否算得美术，原是难说；但他们既然自称美术家，即使幼稚，也可以希望长成：所以我期望有个美术家的幼虫，不要是似是而非的木叶蝶。如今见了他们两方面的成绩，不免令我对于中国美术前途发生一种怀疑。

画《泼克》的美术家说他们盲目盲心，所研究的只是十九世纪的美术，不晓得有新艺术真艺术。我看这些美术家的作品，不是剥制的鹿，便是畸形的美人，的确不甚高明，恐怕连十"八"世纪，也未必有这类绘画：说到底，只好算是中国的所谓美术罢了。但那一位画《泼克》的美术家的批评，却又不甚可解：研究十九世纪的美术，何以便是盲目盲心？十九世纪以后的新艺术真艺术，又是怎样？我听人说：后期印象派（Postimpressionism）的绘画，在今日总还不算十分陈旧；其中的大人物如 Cézanne 与 Van Gogh [1] 等，都是十九世纪后半的人，最迟的到一九〇六年也故去了。二十世纪才是十九年初头，好象还没有新派兴起。立方派（Cubism）、未来派（Futurism）的主张，虽然新奇，却尚未能确立基础；而且在中国，又怕未必能够理解。在那《泼克》上面，也未见有这一派的绘画；不知那《泼克》美术家的所谓新艺术真艺术，究竟是指着什么？现在的中国美术家诚然心盲目盲，但其弊却不在单研究十九世纪的美术，——因为据我看来，他们并不研究什么世纪的美术，——所以那《泼克》美术家的话，实在令人难解。

《泼克》美术家满口说新艺术真艺术，想必自己懂得这新艺术真艺术的了。但我看他

1　塞尚与凡·高。

所画的讽刺画，多是攻击新文艺、新思想的。——这是二十世纪的美术么？这是新艺术真艺术么？

八一

随感录五十四

中国社会上的状态，简直是将几十世纪缩在一时：自油松片以至电灯，自独轮车以至飞机，自镖枪以至机关炮，自不许"妄谈法理"以至护法，自"食肉寝皮"的吃人思想以至人道主义，自迎尸拜蛇以至美育代宗教，都摩肩挨背的存在。

这许多事物挤在一处，正如我辈约了燧人氏以前的古人，拼开饭店一般，即使竭力调和，也只能煮个半熟；伙计们既不会同心，生意也自然不能兴旺，——店铺总要倒闭。

黄郛氏做的《欧战之教训与中国之将来》[1]中，有一段话，说得很透澈：

> 七年以来，朝野有识之士，每腐心于政教之改良，不注意于习俗之转移；庸讵知旧染不去，新运不生：事理如此，无可勉强者也。外人之评我者，谓中国人有一种先天的保守性，即或迫于时势，各种制度有改革之必要时，而彼之所谓改革者，决不将旧日制度完全废止，乃在旧制度之上，更添加一层新制度。试览前清之兵制变迁史，可以知吾言之不谬焉。最初命八旗兵驻防各地，以充守备之任；及年月既

1　黄郛（1880—1936），字膺白，号昭甫，曾任国民政府委员。《欧战之教训与中国之将来》出版于 1918 年，结合"一战"思考中国应该选择的道路。

八三

久，旗兵已腐败不堪用，洪秀全起，不得已，征募湘淮两军以应急：从此旗兵绿营，并肩存在，遂变成二重兵制。甲午战后，知绿营兵力又不可恃，乃复编练新式军队：于是并前二者而变成三重兵制矣。今旗兵虽已消灭，而变面换形之绿营，依然存在，总是二重兵制也。从可知吾国人之无澈底改革能力，实属不可掩之事实。他若贺阳历新年者，复贺阴历新年；奉民国正朔者，仍存宣统年号。一察社会各方面，盖无往而非二重制。即今日政局之所以不宁，是非之所以无定者，简括言之，实亦不过一种"二重思想"在其间作祟而已。

此外如既许信仰自由，却又特别尊孔；既自命"胜朝遗老"，却又在民国拿钱；既说是应该革新，却又主张复古：四面八方几乎都是二三重以至多重的事物，每重又各各自相矛盾。一切人便都在这矛盾中间，互相抱怨着过活，谁也没有好处。

要想进步，要想太平，总得连根的拔去了"二重思想"。因为世界虽然不小，但彷徨的人种，是终竟寻不出位置的。

五十六　"来了"

近来时常听得人说，"过激主义[1]来了"；报纸上也时常写着，"过激主义来了"。

于是有几文钱的人，很不高兴。官员也着忙，要防华工，要留心俄国人；连警察厅也向所属发出了严查"有无过激党设立机关"的公事。

着忙是无怪的，严查也无怪的；但先要问：

1　"五四"运动后，马列主义的传播引起一部人的恐慌，他们借用日语中对马列主义的贬称。

什么是过激主义呢？

这是他们没有说明，我也无从知道；——我虽然不知道，却敢说一句话："过激主义"不会来，不必怕他；只有"来了"是要来的，应该怕的。

我们中国人，决不能被洋货的什么主义引动，有抹杀他扑灭他的力量。军国民主义么，我们何尝会同别人打仗；无抵抗主义么，我们却是主战参战的；自由主义么，我们连发表思想都要犯罪，讲几句话也为难；人道主义么，我们人身还可以买卖呢。

所以无论什么主义，全扰乱不了中国；从古到今的扰乱，也不听说因为什么主义。试举目前的例，便如陕西学界的布告，湖南灾民的布告，何等可怕，与比利时公布的德兵苛酷情形，俄国别党宣布的列宁政府残暴情形，比较起来，他们简直是太平天下了。德国还说是军国主义，列宁不消说还是过激主义哩！

这便是"来了"来了。来的如果是主义，主义达了还会罢；倘若单是"来了"，他便来不完，来不尽，来的怎样也不可知。

民国成立的时候，我住在一个小县城里，早已挂过白旗。有一日，忽然见许多男女，纷纷乱逃：城里的逃到乡下，乡下的逃进城里。问他们什么事，他们答道，"他们说要来了。"

可见大家都单怕"来了"，同我一样。那时还只有"多数主义"，没有"过激主义"哩。

五十七　现在的屠杀者

高雅的人说，"白话鄙俚浅陋，不值识者一哂之者也。"

中国不识字的人，单会讲话，"鄙俚浅陋"，不必说了。"因为自己不通，所以提倡白话，以自文其陋"如我辈的人，正是"鄙俚浅陋"，也不在话下了。最可叹的是几位雅人，也还不能如《镜花缘》[1]里说的君子国的酒保一般，

1　清代文人李汝珍创作的长篇小说，前半部描写唐敖、多九公等人乘船在海外游历的故事，后半部描述武则天科举选才女的故事。

满口"酒要一壶乎，两壶乎，菜要一碟乎，两碟乎"的终日高雅，却只能在呻吟古文时，显出高古品格；一到讲话，便依然是"鄙俚浅陋"的白话了。四万万中国人嘴里发出来的声音，竟至总共"不值一哂"，真是可怜煞人。

做了人类想成仙；生在地上要上天；明明是现代人，吸着现在的空气，却偏要勒派朽腐的名教，僵死的语言，侮蔑尽现在，这都是"现在的屠杀者"，杀了"现在"，也便杀了"将来"。——将来是子孙的时代。

五十八　人心很古

慷慨激昂的人说："世道浇漓，人心不古，国粹将亡，此吾所为仰天扼腕切齿三叹息者也！"

我初听这话，也曾大吃一惊；后来翻翻旧书，偶然看见《史记·赵世家》里面记着公子成反对主父改胡服的一段话：

臣闻中国者，盖聪明徇智之所居也，万物财用之所聚也，贤圣之所教也，仁义之所施也，《诗》《书》礼乐之所用也，异敏技能之所试也，远方之所观赴也，蛮夷之所义行也；今王舍此而袭远方之服，变古之教，易古之道，逆人之心，而怫学者，离中国，故臣愿王图之也。

这不是与现在阻抑革新的人的话，<u>丝毫无异么</u>？后来又在《北史》里看见记周静帝的司马后的话：

> 后性尤妒忌，后宫莫敢进御。尉迟迥女孙有美色，先在宫中，帝于仁寿宫见而悦之，因得幸。后伺帝听朝，阴杀之。上大怒，单骑从苑中出，不由径路，入山谷间三十余里；高颎、杨素等追及，扣马谏，帝太息曰："吾贵为天子不得自由。"

这又不是与现在信口主张自由和反对自由的人，对于自由所下的解释，丝毫无异么？别的例证，想必还多，我见闻狭隘，不能多举了。但即此看来，已可见虽然经过了这许多年，意见还是一样。现在的人心，实在古得很呢。

中国人倘能努力再古一点，也未必不能有古到三皇五帝以前的希望，可惜时时遇着新潮流新空气激荡着，没有工夫了。

在现存的旧民族中，最合中国式理想的，总要推锡兰岛的 Vedda 族 [1]。他们和外界毫无交涉，也不受别民族的影响，还是原始的状态，真不愧所谓"羲皇上人"。

但听说他们人口年年减少，现在快要没有了：这实在是一件万分可惜的事。

1　南亚斯里兰卡的少数民族。

曙光在头上，不抬起头，便永远只能看见物质的闪光。

五十九　"圣武"

　　我前回已经说过"什么主义都与中国无干"的话了；今天忽然又有些意见，便再写在下面：

　　我想，我们中国本不是发生新主义的地方，也没有容纳新主义的处所，即使偶然有些外来思想，也立刻变了颜色，而且许多论者反要以此自豪。我们只要留心译本上的序跋，以及各样对于外国事情的批评议论，便能发现我们和别人的思想中间，的确还隔着几重铁壁。他们

九六

是说家庭问题的，我们却以为他鼓吹打仗；他们是写社会缺点的，我们却说他讲笑话；他们以为好的，我们说来却是坏的。若再留心看看别国的国民性格，国民文学，再翻一本文人的评传，便更能明白别国著作里写出的性情，作者的思想，几乎全不是中国所有。所以不会了解，不会同情，不会感应；甚至彼我间的是非爱憎，也免不了得到一个相反的结果。

新主义宣传者是放火人么，也须别人有精神的燃料才会着火；是弹琴人么，别人的心上也须有弦索，才会出声；是发声器么，别人也必须是发声器，才会共鸣。中国人都有些不很像，所以不会相干。

几位读者怕要生气，说，"中国时常有将性命去殉他主义的人，中华民国以来，也因为主义上死了多少烈士，你何以一笔抹杀？吓！"这话也是真的。我们从旧的外来思想说罢，六

九
七

朝的确有许多焚身的和尚，唐朝也有过砍下臂膊布施无赖的和尚；从新的说罢，自然也有过几个人的。然而与中国历史，仍不相干。因为历史结帐，不能像数学一般精密，写下许多小数，却只能学粗人算帐的四舍五入法门，记一笔整数。

中国历史的整数里面，实在没有什么思想主义在内。这整数只是两种物质，——是刀与火，"来了"便是他的总名。

火从北来便逃向南，刀从前来便退向后，一大堆流水帐簿，只有这一个模型。倘嫌"来了"的名称不很庄严，"刀与火"也触目，我们也可以别想花样，奉献一个谥法，称作"圣武"便好看了。

古时候，秦始皇帝很阔气，刘邦和项羽都看见了；邦说，"嗟乎！大丈夫当如此也！"羽说，"彼可取而代也！"羽要"取"什么呢?

便是取邦所说的"如此"。"如此"的程度，虽有不同，可是谁也想取；被取的是"彼"，取的是"丈夫"。所有"彼"与"丈夫"的心中，便都是这"圣武"的产生所，受纳所。

何谓"如此"？说起来话长，现在简单地说，便只是人类中的纯粹兽性方面的欲望的满足——威福、子女、玉帛，——罢了。然而在一切大小丈夫，却要算最高理想（？）了。我怕现在的人，还被这理想支配着。

大丈夫"如此"之后，欲望没有衰，身体却疲敝了；而且觉得暗中有一个黑影——死——到了身边了。于是无法，只好求神仙。这在中国，也要算最高理想了。我怕现在的人，也还被这理想支配着。

求了一通神仙，终于没有见，忽然有些疑惑了。于是要造坟，来保存死尸，想用自己的尸体，永远占据着一块地面。这在中国，也要算一种没奈何的最高理想了。我怕现在的人，也还被这理想支配着。

现在的外来思想，无论如何，总不免有些自由平等的气息，互助共存的气息，在我们这单有"我"，单想"取彼"，单要由我喝尽了一切空间时间的酒的思想界上，实没有插足的余地。

因此，只须防那"来了"便够了。看看别国，抗拒这"来了"的便是有主义的人民。他们因为所信的主义，牺牲了别的一切，用骨肉碰钝了锋刃，血液浇灭了烟焰。在刀光火色衰微中，看出一种薄明的天色，便是新世纪的曙光。

曙光在头上，不抬起头，便永远只能看见物质的闪光。

六十一　不满

　　欧战才了的时候，中国很抱着许多希望，因此现在也发出许多悲观绝望的声音，说"世界上没有人道"，"人道这句话是骗人的"。有几位评论家，还引用了他们外国论者自己责备自己的文字，来证明所谓文明人者，比野蛮尤其野蛮。

　　这诚然是痛快淋漓的话，但要问：照我们的意见，怎样才算有人道呢？那答话，想来大约是"收回治外法权，收回租界，退还庚子赔款……"现在都很渺茫，实在不合人道。

但又要问：我们中国的人道怎么样？那答话，想来只能"……"。对于人道只能"……"的人的头上，决不会掉下人道来。因为人道是要各人竭力挣来，培植，保养的，不是别人布施，捐助的。

其实近于真正的人道，说的人还不很多，并且说了还要犯罪。若论皮毛，却总算略有进步了。这回虽然是一场恶战，也居然没有"食肉寝皮"，没有"夷其社稷"，而且新兴了十八个小国。就是德国对待比国，都说残暴绝伦，但看比国的公布，也只是囚徒不给饮食，村长挨了打骂，平民送上战线之类。这些事情，在我们中国自己对自己也常有，算得什么希奇？

人类尚未长成，人道自然也尚未长成，但总在那里发荣滋长。我们如果问问良心，觉得一样滋长，便什么都不必忧愁；将来总要走同一的路。看罢，他们是战胜军国主义的，他们的评论家还是自己责备自己，有许多不满。不满是向上的车轮，能够载着不自满的人类，向人道前进。

多有不自满的人的种族，永远前进，永远有希望。

多有只知责人不知反省的人的种族，祸哉祸哉！

六十二　恨恨而死

　　古来很有几位恨恨而死的人物。他们一面说些"怀才不遇""天道宁论"的话，一面有钱的便狂嫖滥赌，没钱的便喝几十碗酒，——因为不平的缘故，于是后来就恨恨而死了。

　　我们应该趁他们活着的时候问他：诸公！您知道北京离昆仑山几里，弱水去黄河几丈么？火药除了做鞭爆，罗盘除了看风水，还有什么用处么？棉花是红的还是白的？谷子是长在树上，还是长在草上？桑间濮上如何情形，自由恋爱怎样态度？您在半夜里可忽然觉得有些羞，清早上可居然有点悔么？四斤的担，您能挑么？三里的道，您能跑么？

他们如果细细的想，慢慢的悔了，这便很有些希望。万一越发不平，越发愤怒，那便"爱莫能助"。——于是他们终于恨恨而死了。

中国现在的人心中，不平和愤恨的分子太多了。不平还是改造的引线，但必须先改造了自己，再改造社会，改造世界；万不可单是不平。至于愤恨，却几乎全无用处。

愤恨只是恨恨而死的根苗，古人有过许多，我们不要蹈他们的覆辙。

我们更不要借了"天下无公理，无人道"这些话，遮盖自暴自弃的行为，自称"恨人"，一副恨恨而死的脸孔，其实并不恨恨而死。

六十三　"与幼者"

做了《我们现在怎样做父亲》[1]的后两日，在有岛武郎《著作集》里看到《与幼者》[2]这一篇小说，觉得很有许多好的话。

时间不住的移过去。你们的父亲的我，

到那时候，怎样映在你们（眼）里，那是

1　收录于《坟》。

2　有岛武郎（1878—1923），日本近代作家，白桦派文学兴盛期的重要人物之一。鲁迅曾翻译过《与幼者》，标题为《与幼小者》，收录于《现代日本小说集》。

不能想像的了。大约像我在现在，嗤笑可怜那过去的时代一般，你们也要嗤笑可怜我的古老的心思，也未可知的。我为你们计，但愿这样子。你们若不是毫不客气的拿我做一个踏脚，超越了我，向着高的远的地方进去，那便是错的。

人间很寂寞。我单能这样说了就算么？你们和我，像尝过血的兽一样，尝过爱了。去罢，为要将我的周围从寂寞中救出，竭力做事罢。我爱过你们，而且永远爱着。这并不是说，要从你们受父亲的报酬，我对于"教我学会了爱你们的你们"的要求，只是受取我的感谢罢了……像吃尽了亲的死尸，贮着力量的小狮子一样，刚强勇猛，舍了我，踏到人生上去就是了。

我的一生就令怎样失败，怎样胜不了诱惑；但无论如何，使你们从我的足迹上寻不出不纯的东西的事，是要做的，是一定做的。你们该从我的倒毙的所在，跨出新的脚步去。但那里走，怎么走的事，你们也可以从我的足迹上探索出来。

　　幼者呵！将又不幸又幸福的你们的父母的祝福，浸在胸中，上人生的旅路罢。前途很远，也很暗。然而不要怕。不怕的人的面前才有路。

　　走罢！勇猛着！幼者呵！

　　有岛氏是白桦派，是一个觉醒的，所以有这等话；但里面也免不了带些眷恋凄怆的气息。

　　这也是时代的关系。将来便不特没有解放

的话，并且不起解放的心，更没有什么眷恋和凄怆；只有爱依然存在。——但是对于一切幼者的爱。

一〇九

想些互助的方法，收了互害的局面罢！

六十四　有无相通

南北的官僚虽然打仗，南北的人民却很要好，一心一意的在那里"有无相通"。

北方人可怜南方人太文弱，便教给他们许多拳脚：什么"八卦拳""太极拳"，什么"洪家""侠家"，什么"阴截腿""抱桩腿""谭腿""戳脚"，什么"新武术""旧武术"，什么"实为尽美尽善之体育"，"强国保种尽在于斯"。

南方人也可怜北方人太简单了，便送上

许多文章：什么"……梦""……魂""……痕""……影""……泪"，什么"外史""趣史""秽史""秘史"，什么"黑幕""现形"，什么"淌牌""吊膀""拆白"，什么"噫嘻卿卿我我""呜呼燕燕莺莺""吁嗟风风雨雨""耐阿是勒浪要勿面孔哉！"

直隶、山东的侠客们，勇士们呵！诸公有这许多筋力，大可以做一点神圣的劳作；江苏、浙江、湖南的才子们，名士们呵！诸公有这许多文才，大可以译几页有用的新书。我们改良点自己，保全些别人；想些互助的方法，收了互害的局面罢！

六十五　暴君的臣民

　　从前看见清朝几件重案的记载，"臣工"拟罪很严重，"圣上"常常减轻，便心里想：大约因为要博仁厚的美名，所以玩这些花样罢了。后来细想，殊不尽然。

　　暴君治下的臣民，大抵比暴君更暴；暴君的暴政，时常还不能餍足暴君治下的臣民的欲望。

　　中国不要提了罢。在外国举一个例：小事

件则如 Gogol 的剧本《按察使》[1]，众人都禁止他，俄皇却准开演；大事件则如巡抚[2]想放耶稣，众人却要求将他钉上十字架。

暴君的臣民，只愿暴政暴在他人的头上，他却看着高兴，拿"残酷"做娱乐，拿"他人的苦"做赏玩，做慰安。

自己的本领只是"幸免"。

从"幸免"里又选出牺牲，供给暴君治下的臣民的渴血的欲望，但谁也不明白。死的说"阿呀"，活的高兴着。

1　即果戈理的《钦差大臣》。

2　指彼拉多，罗马帝国犹太行省的第五任长官。一般称其官衔为总督，和合本译为巡抚。

六十六　生命的路

　　想到人类的灭亡是一件大寂寞大悲哀的事；然而若干人们的灭亡，却并非寂寞悲哀的事。

　　生命的路是进步的，总是沿着无限的精神三角形的斜面向上走，什么都阻止他不得。

　　自然赋与人们的不调和还很多，人们自己萎缩堕落退步的也还很多，然而生命决不因此回头。无论什么黑暗来防范思潮，什么悲惨来袭击社会，什么罪恶来亵渎人道，人类的渴仰完全的潜力，总是踏了这些铁蒺藜向前进。

生命不怕死，在死的面前笑着跳着，跨过了灭亡的人们向前进。

什么是路？就是从没路的地方践踏出来的，从只有荆棘的地方开辟出来的。

以前早有路了，以后也该永远有路。

人类总不会寂寞，因为生命是进步的，是乐天的。

昨天，我对我的朋友 L 说，"一个人死了，在死者自身和他的眷属是悲惨的事，但在一村一镇的人看起来不算什么；就是一省一国一种……"

L 很不高兴，说，"这是 Natur（自然）的话，不是人们的话。你应该小心些。"

我想，他的话也不错。

一七

一九二一年

阿！自由！

智识即罪恶

　　我本来是一个四平八稳，给小酒馆打杂，混一口安稳饭吃的人，不幸认得几个字，受了新文化运动的影响，想求起智识来了。

　　那时我在乡下，很为猪羊不平；心里想，虽然苦，倘也如牛马一样，可以有一件别的用，那就免得专以卖肉见长了。然而猪羊满脸呆气，终生胡涂，实在除了保持现状之外，没有别的法。所以，诚然，智识是要紧的！

　　于是我跑到北京，拜老师，求智识。地

球是圆的。元质有七十多种。$x + y = z$。闻所未闻，虽然难，却也以为是人所应该知道的事。

有一天，看见一种日报，却又将我的确信打破了。报上有一位虚无哲学家说：智识是罪恶，赃物……。虚无哲学，多大的权威呵，而说道智识是罪恶。我的智识虽然少，而确实是智识，这倒反而坑了我了。我于是请教老师去。

老师道："呸，你懒得用功，便胡说，走！"

我想："老师贪图束脩罢。智识倒也还不如没有的稳当，可惜粘在我脑里，立刻抛不去，我赶快忘了他罢。"

然而迟了。因为这一夜里，我已经死了。

半夜，我躺在公寓的床上，忽而走进两个东西来，一个活无常，一个死有分。但我却并不诧异，因为他们正如城隍庙里塑着的一般。

然而跟在后面的两个怪物，却使我吓得失声，因为并非牛头马面，而却是羊面猪头！我便悟到，牛马还太聪明，犯了罪，换上这诸公了，这可见智识是罪恶……。我没有想完，猪头便用嘴将我一拱，我于是立刻跌入阴府里，用不着久等烧车马。

到过阴间的前辈先生多说，阴府的大门是有匾额和对联的，我留心看时，却没有，只见大堂上坐着一位阎罗王。希奇，他便是我的隔壁的大富豪朱朗翁。大约钱是身外之物，带不到阴间的，所以一死便成为清白鬼了，只是不知道怎么又做了大官。他只穿一件极俭朴的爱国布的龙袍，但那龙颜却比活的时候胖得多了。

"你有智识么？"朗翁脸上毫无表情的问。

"没……"我是记得虚无哲学家的话的，所以这样答。

"说没有便是有——带去！"

我刚想：阴府里的道理真奇怪……却又被羊角一叉，跌出阎罗殿去了。

其时跌在一座城池里，其中都是青砖绿门的房屋，门顶上大抵是洋灰做的两个所谓狮子，门外面都挂一块招牌。倘在阳间，每一所机关外总挂五六块牌，这里却只一块，足见地皮的宽裕了。这瞬息间，我又被一位手执钢叉的猪头夜叉用鼻子拱进一间屋子里去，外面有牌额是："油豆滑跌小地狱"。

进得里面，却是一望无边的平地，满铺了白豆拌着桐油。只见无数的人在这上面跌倒又起来，起来又跌倒。我也接连的摔了十二交，头上长出许多疙瘩来。但也有竟在门口坐着躺着，不想爬起，虽然浸得油汪汪的，却毫无一个疙瘩的人，可惜我去问他，他们都瞪着眼不说话。我不知道他们是不听见呢还是不懂，不愿意说呢还是无话可谈。

我于是跌上前去,去问那些正在乱跌的人们。其中的一个道:

"这就是罚智识的,因为智识是罪恶,赃物……。我们还算是轻的呢。你在阳间的时候,怎么不昏一点?……"他气喘吁吁的断续的说。

"现在昏起来罢。"

"迟了。"

"我听得人说,西医有使人昏睡的药,去请他注射去,好么?"

"不成,我正因为知道医药,所以在这里跌,连针也没有了。"

"那么……有专给人打吗啡针的,听说多是没智识的人……我寻他们去。"

在这谈话时,我们本已滑跌了几百交了。我一失望,便更不留神,忽然将头撞在白豆稀薄的地面上。地面很硬，跌势又重，我于是胡里胡涂的发了昏⋯⋯

阿！自由！我忽而在平野上了，后面是那城，前面望得见公寓。我仍然胡里胡涂的走，一面想：我的妻和儿子，一定已经上京了，他们正围着我的死尸哭呢。我于是扑向我的躯壳去，便直坐起来，他们吓跑了，后来竭力说明，他们才了然，都高兴得大叫道：你还阳了，呵呀！我的老天爷哪⋯⋯

我这样胡里胡涂的想时，忽然活过来了⋯⋯

没有我的妻和儿子在身边，只有一个灯在桌上，我觉得自己睡在公寓里。间壁的一位学生已经从戏园回来，正哼着"先帝爷唉唉唉"哩，可见时候是不早了。

这还阳还得太冷静，简直不像还阳，我想，莫非先前也并没有死么？

二一七

倘若并没死，那么，朱朗翁也就并没有做阎罗王。

解决这问题，用智识究竟还怕是罪恶，我们还是用感情来决一决罢。

十月二十三日。

事实胜于雄辩

　　西哲说：事实胜于雄辩。我当初很以为然，现在才知道在我们中国，是不适用的。

　　去年我在青云阁的一个铺子里买过一双鞋，今年破了，又到原铺子去照样的买一双。

　　一个胖伙计，拿出一双鞋来，那鞋头又尖又浅了。

　　我将一只旧式的和一只新式的都排在柜上，说道：

　　"这不一样……"

“一样，没有错。”

“这……”

“一样，您瞧！”

我于是买了尖头鞋走了。

我顺便有一句话奉告我们中国的某爱国大家，您说，攻击本国的缺点，是拾某国人的唾余的，试在中国上，加上我们二字，看看通不通。

现在我敬谨加上了，看过了，然而通的。

您瞧！

十一月四日。

一九二二年

我所佩服诸公的只有一点，是这种东西也居然会有发表的勇气。

估 "学衡"

我在二月四日的《晨报副刊》[1] 上看见式芬先生的杂感[2]，很诧异天下竟有这样拘迂的老先生，竟不知世故到这地步，还来同《学衡》诸公谈学理。夫所谓《学衡》者，据我看来，实不过聚在"聚宝之门"左近的几个假古

1　　五四"时期著名的"四大副刊"之一。前身为北京《晨报》第 7 版，1921 年 10 月改版独立发行，孙伏园主编，初名《晨报镌》。

2　　1922 年胡先骕在《学衡》创刊号发表《评〈尝试集〉》一文，称白话诗趋于极端，是"死文学"。周作人以"式芬"笔名在《晨报副刊》撰文加以批驳。

董所放的假毫光；虽然自称为"衡"，而本身的称星尚且未曾钉好，更何论于他所衡的轻重的是非。所以，决用不着较准，只要估一估就明白了。

《弁言》说："籀绎之作必趋雅音以崇文"，"籀绎"如此，述作可知。夫文者，即使不能"载道"，却也应该"达意"，而不幸诸公虽然张皇国学，笔下却未免欠亨，不能自了，何以"衡"人。这实在是一个大缺点。看罢，诸公怎么说——

《弁言》云："杂志迻例弁以宣言"，按宣言即布告，而弁者，周人戴在头上的瓜皮小帽一般的帽子，明明是顶上的东西，所以"弁言"就是序，异于"杂志迻例"的宣言，并为一谈，太汗漫了。《评提倡新文化者》文中说："或操笔以待。每一新书出版。必为之序。以尽其领袖后进之责。顾亭林曰。人之患在好为人序。

其此之谓乎。故语彼等以学问之标准与良知。犹语商贾以道德。娼妓以贞操也。"原来做一篇序"以尽其领袖后进之责",便有这样的大罪案。然而诸公又何以也"突而弁兮"的"言"了起来呢？照前文推论，那便是我的质问，却正是"语商贾以道德。娼妓以贞操也"了。

《中国提倡社会主义之商榷》中说："凡理想学说之发生。皆有其历史上之背影。决非悬空虚构。造乌托之邦。作无病之呻者也。"查"英吉之利"的摩耳[1]，并未做 Pia of Uto，虽曰之乎者也，欲罢不能，但别寻古典，也非难事，又何必当中加楦呢。于古未闻"睹史之陀"，在今不云"宁古之塔"，奇句如此，真可谓"有病之呻"了。

《国学撷谭》中说："虽三皇寥廓而无极。

1　通译莫尔（1478—1535），欧洲早期空想社会主义代表人物，著有《乌托邦》。

一三六

五帝摚绅先生难言之。"人而能"寥廓"，已属奇闻，而第二句尤为费解，不知是三皇之事，五帝和摚绅先生皆难言之，抑是五帝之事，摚绅先生也难言之呢？推度情理，当从后说，然而太史公所谓"摚绅先生难言之"者，乃指"百家言黄帝"而并不指五帝，所以翻开《史记》，便是赫然的一篇《五帝本纪》，又何尝"难言之"。难道太史公在汉朝，竟应该算是下等社会中人么？

《记白鹿洞谈虎》中说："诸父老能健谈。谈多称虎。当其摹示抉噬之状。闻者鲜不色变。退而记之。亦资诙噱之类也。"姑不论其"能""健""谈""称"，床上安床，"抉噬之状"，终于未记，而"变色"的事，但"资诙噱"，也可谓太远于事情。倘使但"资诙噱"，则先前的闻而色变者，简直是呆子了。《记》又云："伥者。新鬼而膏虎牙者也。"刚做新鬼，便

"膏虎牙"，实在可悯。那么，虎不但食人，而且也食鬼了。这是古来未知的新发见。

《渔丈人行》的起首道："楚王无道杀伍奢。覆巢之下无完家。"这"无完家"虽比"无完卵"新奇，但未免颇有语病。假如"家"就是鸟巢，那便犯了复，而且"之下"二字没有着落，倘说是人家，则掉下来的鸟巢未免太沉重了。除了大鹏金翅鸟（出《说岳全传》），断没有这样的大巢，能够压破彼等的房子。倘说是因为押韵，不得不然，那我敢说：这是"挂脚韵"。押韵至于如此，则翻开《诗韵合璧》的"六麻"来，写道"无完蛇""无完瓜""无完叉"，都无所不可的。

还有《浙江采集植物游记》，连题目都不通了。采集有所务，并非漫游，所以古人作记，务与游不并举，地与游才相连。匡庐峨眉，山也，则曰纪游，采硫访碑，务也，则曰日记。

一三八

虽说采集时候，也兼游览，但这应该包举在主要的事务里，一列举便不"古"了。例如这记中也说起吃饭睡觉的事，而题目不可作《浙江采集植物游食眠记》。

以上不过随手拾来的事，毛举起来，更要费笔费墨费时费力，犯不上，中止了。因此诸公的说理，便没有指正的必要，文且未亨，理将安托，穷乡僻壤的中学生的成绩，恐怕也不至于此的了。

总之，诸公掊击新文化而张皇旧学问，倘不自相矛盾，倒也不失其为一种主张。可惜的是于旧学并无门径，并主张也还不配。倘使字句未通的人也算是国粹的知己，则国粹更要惭惶煞人！"衡"了一顿，仅仅"衡"出了自己的铢两来，于新文化无伤，于国粹也差得远。

我所佩服诸公的只有一点，是这种东西也居然会有发表的勇气。

为俄国歌剧团

　　我不知道，——其实是可以算知道的，然而我偏要这样说，——俄国歌剧团何以要离开他的故乡，却以这美妙的艺术到中国来博一点茶水喝。你们还是回去罢！

　　我到第一舞台看俄国的歌剧，是四日的夜间，是开演的第二日。

　　一入门，便使我发生异样的心情了：中央三十多人，旁边一大群兵，但楼上四五等中还有三百多的看客。

有人初到北京的，不久便说：我似乎住在沙漠里了。

是的，沙漠在这里。

没有花，没有诗，没有光，没有热。没有艺术，而且没有趣味，而且至于没有好奇心。

沉重的沙……

我是怎么一个怯弱的人呵。这时我想：倘使我是一个歌人，我的声音怕要销沉了罢。

沙漠在这里。

然而他们舞蹈了，歌唱了，美妙而且诚实的，而且勇猛的。

流动而且歌吟的云……

兵们拍手了，在接吻的时候——兵们又拍手了，又在接吻的时候。

非兵们也有几个拍手了，也在接吻的时候，而一个最响，超出于兵们的。

我是怎么一个褊狭的人呵。这时我想：倘

使我是一个歌人，我怕要收藏了我的竖琴，沉默了我的歌声罢。倘不然，我就要唱我的反抗之歌。

而且真的，我唱了我的反抗之歌了！

沙漠在这里，恐怖的……

然而他们舞蹈了，歌唱了，美妙而且诚实的，而且勇猛的。

你们漂流转徙的艺术者，在寂寞里歌舞，怕已经有了归心了罢。你们大约没有复仇的意思，然而一回去，我们也就被复仇了。

比沙漠更可怕的人世在这里。

呜呼！这便是我对于沙漠的反抗之歌，是对于相识以及不相识的同感的朋友的劝诱，也就是为流转在寂寞中间的歌人们的广告。

四月九日。

一四二

无题

私立学校游艺大会[1]的第二日，我也和几个朋友到中央公园去走一回。

我站在门口帖着"昆曲"两字的房外面，前面是墙壁，而一个人用了全力要从我的背后挤上去，挤得我喘不出气。他似乎以为我是一个没有实质的灵魂了，这不能不说他有一

1　该会为北京二十四个私立学校联合组织，共有男女学生四千余人参加。鲁迅听的昆曲由北大学生与来宾合作，地点在董事会南食堂。

点错。

回去要分点心给孩子们，我于是乎到一个制糖公司里去买东西。买的是"黄枚朱古律三文治"。

这是盒子上写着的名字，很有些神秘气味了。然而不的，用英文，不过是 Chocolate apricot sandwich。

我买定了八盒这"黄枚朱古律三文治"，付过钱，将他们装入衣袋里。不幸而我的眼光忽然横溢了，于是看见那公司的伙计正揸开了五个指头，罩住了我所未买的别的一切"黄枚朱古律三文治"。

这明明是给我的一个侮辱！然而，其实，我可不应该以为这是一个侮辱，因为我不能保证他如不罩住，也可以在纷乱中永远不被偷。也不能证明我决不是一个偷儿，也不能自己保证我在过去、现在以至未来决没有偷窃的事。

但我在那时不高兴了，装出虚伪的笑容，拍着这伙计的肩头说：

"不必的，我决不至于多拿一个……"

他说："那里那里……"赶紧掣回手去，于是惭愧了。这很出我意外，——我预料他一定要强辩，——于是我也惭愧了。

这种惭愧，往往成为我的怀疑人类的头上的一滴冷水，这于我是有损的。

夜间独坐在一间屋子里，离开人们至少也有一丈多远了。吃着分剩的"黄枚朱古律三文治"；看几页托尔斯泰的书，渐渐觉得我的周围，又远远地包着人类的希望。

四月十二日。

一四五

"以震其艰深"

上海租界上的"国学家"，以为做白话文的大抵是青年，总该没有看过古董书的，于是乎用了所谓"国学"来吓呼他们。

《时报》上载着一篇署名涵秋的《文字感想》，其中有一段说：

> 新学家薄国学为不足道故为钩辀格磔之文以震其艰深也一读之欲呕再读之昏昏睡去矣

领教。我先前只以为"钩輈格磔"是古人用他来形容鹧鸪的啼声，并无别的深意思；亏得这《文字感想》，才明白这是怪鹧鸪啼得"艰深"了，以此责备他的。但无论如何，"艰深"却不能令人"欲呕"，闻鹧鸪啼而呕者，世固无之，即以文章论，"粤若稽古"，注释纷纭，"绎即东雍"，圈点不断，这总该可以算是艰深的了，可是也从未听说，有人因此反胃。呕吐的原因决不在乎别人文章的"艰深"，是在乎自己的身体里的，大约因为"国学"积蓄得太多，笔不及写，所以涌出来了罢。

"以震其艰深也"的"震"字，从国学的门外汉看来也不通，但也许是为手民所误的，因为排字印报也是新学，或者也不免要"以震其艰深"。

否则，如此"国学"，虽不艰深，却是恶作，真是"一读之欲呕"，再读之必呕矣。

国学国学，新学家既"薄为不足道"，国学家又道而不能亨，你真要道尽途穷了！

九月二十日。

所谓"国学"

现在暴发的"国学家"之所谓"国学"是甚么？

一是商人遗老们翻印了几十部旧书赚钱，二是洋场上的文豪又做了几篇鸳鸯蝴蝶体[1]小说出版。

商人遗老们的印书是书籍的古董化，其置

---

[1] 中国近代小说流派，始于 20 世纪初，盛行于辛亥革命后，多写才子佳人情爱，主要作家有包天笑、徐枕亚、周瘦鹃、李涵秋、李定夷等。

重不在书籍而在古董。遗老有钱，或者也不过聊以自娱罢了，而商人便大吹大擂的借此获利。还有茶商、盐贩，本来是不齿于"士类"的，现在也趁着新旧纷扰的时候，借刻书为名，想挨进遗老遗少的"士林"里去。他们所刻的书都无民国年月，辨不出是元版是清版，都是古董性质，至少每本两三元，绵连，锦袱，古色古香，学生们是买不起的。这就是他们之所谓"国学"。

然而巧妙的商人可也决不肯放过学生们的钱的，便用坏纸、恶墨别印什么"菁华"、什么"大全"之类来搜括。定价并不大，但和纸墨一比较却是大价了。至于这些"国学"书的校勘，新学家不行，当然是出于上海的所谓"国学家"的了，然而错字迭出，破句连篇（用的并不是新式圈点），简直是拿少年来开玩笑。这是他们之所谓"国学"。

洋场上的往古所谓文豪，"卿卿我我""蝴蝶鸳鸯"诚然做过一小堆，可是自有洋场以来，从没有人称这些文章（？）为国学，他们自己也并不以"国学家"自命的。现在不知何以，忽而奇想天开，也学了盐贩、茶商，要凭空挨进"国学家"队里去了。然而事实很可惨，他们之所谓国学，是"拆白之事各处皆有而以上海一隅为最甚（中略）余于课余之暇不惜浪费笔墨编纂事实作一篇小说以饷阅者想亦阅者所乐闻也"（原本每句都密圈，今从略，以省排工，阅者谅之）。

"国学"乃如此而已乎？

试去翻一翻历史里的《儒林》和《文苑传》罢，可有一个将旧书当古董的鸿儒，可有一个以拆白饷阅者的文士？

倘说，从今年起，这些就是"国学"，那又是"新"例了。你们不是讲"国学"的么？

儿歌的"反动"

一 儿歌

胡怀琛

"月亮！月亮！

还有半个那里去了？"

"被人家偷去了。"

"偷去做甚么？"

"当镜子照。"

二　反动歌

小孩子

天上半个月亮，

我道是"破镜飞上天"，

原来却是被人偷下地了。

有趣呀，有趣呀，成了镜子了！

可是我见过圆的方的长方的八角六角

的菱花式的宝相花式的镜子矣，

没有见过半月形的镜子也。

我于是乎很不有趣也！

谨案

小孩子略受新潮，辄敢妄行诘难，人心不

古，良足慨然！然拜读原诗，亦存小失，倘能

改第二句为"两半个都那里去了"，即成全璧

矣。胡先生夙擅改削，当不以鄙言为河汉也。

一五三

夏历中秋前五日，某生者 [1] 谨注。

十月九日。

1　鸳鸯蝴蝶派的很多作家取笔名为"xx生"，很多小说以"某生者，某地人，家世簪缨，文采斐雅"开头。鲁迅刻意在此处用这个笔名。

一五四

"一是之学说"

　　我从《学灯》[1]上看见驳吴宓[2]君《新文化运动之反应》这一篇文章之后，才去寻《中华新报》来看他的原文。

　　那是一篇浩浩洋洋的长文，该有一万多字

1　《时事新报》的综合性学术副刊，"五四"时期影响较大的报纸副刊。创刊于1918年，初期以评论学校教育和青年修养为主，1919年4月开始发表新文学作品，对新文化运动的态度从"反对"到"提倡"。

2　吴宓（1894—1978），文学家、诗人，白璧德的学生，清华大学国学院创办人之一。1922年与梅光迪、柳诒徵一起主编《学衡》杂志，该杂志成为反对新文化运动的重要平台。

罢，——而且还有作者吴宓君的照相。记者又在论前介绍说，"泾阳吴宓君美国哈佛大学硕士现为国立东南大学西洋文学教授君既精通西方文学得其神髓而国学复涵养甚深近主撰学衡杂志以提倡实学为任时论崇之"。

但这篇大文的内容是很简单的。说大意，就是新文化本也可以提倡的，但提倡者"当思以博大之眼光。宽宏之态度。肆力学术。深窥精研。观其全体。而贯通澈悟。然后平情衡理。执中驭物。造成一是之学说。融合中西之精华。以为一国一时之用。"而可恨"近年有所谓新文化运动者。本其偏激之主张。佐以宣传之良法。……加之喜新盲从者之多。"便忽而声势浩大起来。殊不知"物极必反。理有固然。"于是"近顷于新文化运动怀疑而批评之书报渐多"了。这就谓之"新文化运动之反应"。然而"又所谓反应者非反抗之谓……读者幸勿因吾论列于此。而遂疑其为不赞成新文化者"云。

反应的书报一共举了七种，大体上都是"执中驭物"，宣传"正轨"的新文化的。现在我也来介绍一回：一《民心周报》，二《经世报》，三《亚洲学术杂志》，四《史地学报》，五《文哲学报》，六《学衡》，七《湘君》。

此外便是吴君对于这七种书报的"平情衡理"的批评（？）了。例如《民心周报》，"自发刊以至停版。除小说及一二来稿外。全用文言。不用所谓新式标点。即此一端。在新潮方盛之时。亦可谓砥柱中流矣。"至于《湘君》之用白话及标点，却又别有道理，那是"《学衡》本事理之真。故拒斥粗劣白话及英文标点。《湘君》求文艺之美，故兼用通妥白话及新式标点"的。总而言之，主张偏激，连标点也就偏激，那白话自然更不"通妥"了。即如我的白话，离通妥就很远；而我的标点则是"英文标点"。

但最"贯通澈悟"的是拉《经世报》来做"反应"，当《经世报》出版的时候，还没有"万恶孝为先"的谣言，而他们却早已发过许多崇圣的高论，可惜现在从日报变了月刊，实在有些萎缩现象了。至于"其于君臣之伦。另下新解"，《亚洲学术杂志》议其牵强附会。必以君为帝王"，实在并不错，这才可以算得"新文化之反应"，而吴君又以为"则过矣"，那可是自己"则过矣"了。因为时代的关系，那时的君，当然是帝王而不是大总统。又如民国以前的议论，也因为时代的关系，自然多含革命的精神，《国粹学报》便是其一，而吴君却怪他谈学术而兼涉革命，也就是过于"融合"了时间的先后的原因。

此外还有一个太没见识处，就是遗漏了

《长青》《红》《快活》《礼拜六》等近顷风起云涌的书报，这些实在都是"新文化运动的反应"，而且说"通妥白话"的。

十一月三日。

一五九

不懂的音译

一

　　凡有一件事，总是永远缠夹不清的，大约莫过于在我们中国了。

　　翻外国人的姓名用音译，原是一件极正当、极平常的事，倘不是毫无常识的人们，似乎决不至于还会说费话。然而在上海报（我记不清楚什么报了，总之不是《新申报》便是《时报》）

上，却又有伏在暗地里掷石子的人来嘲笑了。他说，做新文学家的秘诀，其一是要用些"屠介纳夫""郭歌里"[1]之类使人不懂的字样的。

凡有旧来音译的名目：靴、狮子、葡萄、萝卜、佛、伊犁等……都毫不为奇的使用，而独独对于几个新译字来作怪；若是明知的，便可笑；倘不，更可怜。

其实是，现在的许多翻译者，比起往古的翻译家来，已经含有加倍的顽固性的了。例如南北朝人译印度的人名：阿难陀、实叉难陀、鸠摩罗什婆……决不肯附会成中国的人名模样，所以我们到了现在，还可以依了他们的译例推出原音来。不料直到光绪末年，在留学生的书报上，说是外国出了一个"柯伯坚"[2]，

1　屠介纳夫即屠格涅夫，郭歌里即果戈理。

2　通译克鲁泡特金（1842—1921），俄国地理学家、无政府主义运动领袖。

倘使粗粗一看，大约总不免要疑心他是柯府上的老爷柯仲软的令兄的罢，但幸而还有照相在，可知道并不如此，其实是俄国的 Kropotkin。那书上又有一个"陶斯道"，我已经记不清是 Dostoievski 呢，还是 Tolstoi 了。[1]

这"屠介纳夫"和"郭歌里"，虽然古雅赶不上"柯伯坚"，但于外国人的氏姓上定要加一个《百家姓》里所有的字，却几乎成了现在译界的常习，比起六朝和尚来，已可谓很"安本分"的了。然而竟还有人从暗中来掷石子，装鬼脸，难道真所谓"人心不古"么？

我想，现在的翻译家倒大可以学学"古之和尚"，凡有人名、地名，什么音便怎么译，不但用不着白费心思去嵌镶，而且还须去改正。即如"柯伯坚"，现在虽然改译"苦鲁巴金"了，

1 　Dostoievski 即陀思妥耶夫斯基，Tolstoi 即托尔斯泰。

但第一音既然是 K 不是 Ku，我们便该将"苦"改作"克"，因为 K 和 Ku 的分别，在中国字音上是办得到的。

而中国却是更没有注意到，所以去年 Kropotkin 死去的消息传来的时候，上海《时报》便用日俄战争时旅顺败将 Kuropatkin 的照相，把这位无治主义老英雄的面目来顶替了。

十一月四日。

二

自命为"国学家"的对于译音也加以嘲笑，确可以算得一种古今的奇闻；但这不特显示他的昏愚，实在也足以看出他的悲惨。

一六三

倘如他的尊意，则怎么办呢？我想，这只有三条计。上策是凡有外国的事物都不谈；中策是凡有外国人都称之为洋鬼子，例如屠介纳夫的《猎人日记》，郭歌里的《巡按使》，都题为"洋鬼子著"；下策是，只好将外国人名改为王羲之、唐伯虎、黄三太之类，例如进化论是唐伯虎提倡的，相对论是王羲之发明的，而发见美洲的则为黄三太。

倘不能，则为自命为国学家所不懂的新的音译语，可是要侵入真的国学的地域里来了。

中国有一部《流沙坠简》[1]，印了将有十年了。要谈国学，那才可以算一种研究国学的书。开首有一篇长序，是王国维先生做的，要谈国学，他才可以算一个研究国学的人物。而

1　近代考古学著作，罗振玉、王国维合撰，收录英籍考古学家斯坦因在中国盗掘的敦煌汉简、罗布泊汉晋简牍及少量纸片、帛书等。

他的序文中有一段说:"案古简所出为地凡三(中略)其三则和阗东北之尼雅城及马咱托拉拔拉滑史德三地也"。

这些译音,并不比"屠介纳夫"之类更古雅,更易懂。然而何以非用不可呢?就因为有三处地方,是这样的称呼;即使上海的国学家怎样冷笑,他们也仍然还是这样的称呼。当假的国学家正在打牌喝酒,真的国学家正在稳坐高斋读古书的时候,沙士比亚的同乡斯坦因博士却已经在甘肃、新疆这些地方的沙碛里,将汉、晋简牍掘去了;不但掘去,而且做出书来了。所以真要研究国学,便不能不翻回来;因为真要研究,所以也就不能行我的三策:或绝口不提,或但云"得于华夏",或改为"获之于春申浦畔"了。

而且不特这一事。此外如真要研究元朝的历史,便不能不懂"屠介纳夫"的国文,因为单用些"鸳鸯""蝴蝶"这些字样，实在是不够敷衍的。所以中国的国学不发达则已，万一发达起来，则敢请恕我直言，可是断不是洋场上的自命为国学家"所能厕足其间者也"的了。

但我于序文里所谓三处中的"马咱托拉拔拉滑史德"，起初却实在不知道怎样断句，读下去才明白二是"马咱托拉"，三是"拔拉滑史德"。

所以要清清楚楚的讲国学，也仍然须嵌外国字，须用新式的标点的。

十一月六日。

一六六

对于批评家的希望

前两三年的书报上，关于文艺的大抵只有几篇创作（姑且这样说）和翻译，于是读者颇有批评家出现的要求，现在批评家已经出现了，而且日见其多了。

以文艺如此幼稚的时候，而批评家还要发掘美点，想扇起文艺的火焰来，那好意实在很可感。即不然，或则叹息现代作品的浅薄，那是望著作家更其深，或则叹息现代作品之没有血泪，那是怕著作界复归于轻佻。虽然似乎微辞过多，其实却是对于文艺的热烈的好意，那也实在是很可感谢的。

独有靠了一两本"西方"的旧批评论，或则捞一点头脑板滞的先生们的唾余，或则仗着中国固有的什么天经地义之类的，也到文坛上来践踏，则我以为委实太滥用了批评的权威。试将粗浅的事来比罢：譬如厨子做菜，有人品评他坏，他固不应该将厨刀、铁釜交给批评者，说道你试来做一碗好的看：但他却可以有几条希望，就是望吃菜的没有"嗜痂之癖"，没有喝醉了酒，没有害着热病，舌苔厚到二三分。

我对于文艺批评家的希望却还要小。我不敢望他们于解剖裁判别人的作品之前，先将自己的精神来解剖裁判一回，看本身有无浅薄卑劣荒谬之处，因为这事情是颇不容易的。我所希望的不过愿其有一点常识，例如知道裸体画和春画的区别，接吻和性交的区别，尸体解剖和戮尸的区别，出洋留学和"放诸四夷"的区别，笋和竹的区别，猫和老虎的区别，老虎和番菜馆的区别……。更进一步，则批评以英美的老先生学说为主，自然是悉听尊便的，但尤希望知道世界上不止英美两国；看不起托尔斯泰，自然也自由的，但尤希望先调查一点他的行实，真看过几本他所做的书。

还有几位批评家，当批评译本的时候，往往诋为不足齿数的劳力，而怪他何不去创作。创作之可尊，想来翻译家该是知道的，然而他竟止于翻译者，一定因为他只能翻译，或者偏爱翻译的缘故。所以批评家若不就事论事，而说些应当去如此如彼，是溢出于事权以外的事，因为这类言语，是商量、教训而不是批评。现在还将厨子来比，则吃菜的只要说出品味如何就尽够，若于此之外，又怪他何以不去做裁缝或造房子，那是无论怎样的呆厨子，也难免要说这位客官是痰迷心窍的了。

十一月九日。

反对"含泪"的批评家

现在对于文艺的批评日见其多了,是好现象;然而批评日见其怪了,是坏现象,愈多反而愈坏。

我看了很觉得不以为然的是胡梦华君对于汪静之君《蕙的风》的批评,尤其觉得非常不以为然的是胡君答复章鸿熙君的信。[1]

1　诗人汪静之于 1922 年 8 月出版诗集《蕙的风》。鲁迅审阅了原稿,并在信中给以指导。10 月 24 日东南大学学生胡梦华在《时事新报·学灯》发表《读了〈蕙的风〉以后》,指责诗集中的某些爱情诗是"堕落轻薄"的作品,(转下页)

一、胡君因为《蕙的风》里有一句"一步一回头瞟我意中人"，便科以和《金瓶梅》一样的罪：这是锻炼周纳的。《金瓶梅》卷首诚然有"意中人"三个字，但不能因为有三个字相同，便说这书和那书是一模样。例如胡君要青年去忏悔，而《金瓶梅》也明明说是一部"改过的书"，若因为这一点意思偶合，而说胡君的主张也等于《金瓶梅》，我实在没有这样的粗心和大胆。我以为中国之所谓道德家的神经，自古以来，未免过敏而又过敏了，看见一句"意中人"，便即想到《金瓶梅》，看见一个"瞟"字，便即穿凿到别的事情上去。然而一切青年的心，却未必都如此不净；倘竟如此不净，则

（接上页）由此引起一场文坛论争。10 月 30 日作家章衣萍（即章鸿熙）在《民国日报》副刊《觉悟》发表《〈蕙的风〉与道德问题》，认为胡梦华用道德绑架文学。接着胡梦华在《觉悟》上发表《悲哀的青年——答章鸿熙君》。11 月 5 日周作人发表《什么是不道德的文学》，11 月中旬鲁迅发表该文章。

即使"授受不亲"，后来也就会"瞟"，以至于瞟以上的等等事，那时便是一部《礼记》，也即等于《金瓶梅》了，又何有于《蕙的风》？

二、胡君因为诗里有"一个和尚悔出家"的话，便说是诬蔑了普天下和尚，而且大呼释迦牟尼佛：这是近于宗教家而且援引多数来恫吓，失了批评的态度的。其实一个和尚悔出家，并不是怪事，若普天下的和尚没有一个悔出家的，那倒是大怪事。中国岂不是常有酒肉和尚，还俗和尚么？非"悔出家"而何？倘说那些是坏和尚，则那诗里的便是坏和尚之一，又何至诬蔑了普天下的和尚呢？这正如胡君说一本诗集是不道德，并不算诬蔑了普天下的诗人。至于释迦牟尼，可更与文艺界"风马牛"了，据他老先生的教训，则做诗便犯了"绮语戒"，无论道德或不道德，都不免受些孽报，可怕得很的！

三、胡君说汪君的诗比不上歌德和雪利[1]，我以为是对的。但后来又说，"论到人格，歌德一生而十九娶，为世诟病，正无可讳。然而歌德所以垂世不朽者，乃五十岁以后忏悔的歌德，我们也知道么？"这可奇特了。雪利我不知道，若歌德即 Goethe，则我敢替他呼几句冤，就是他并没有"一生而十九娶"，并没有"为世诟病"，并没有"五十岁以后忏悔"。而且对于胡君所说的"自'耳食'之风盛，歌德、雪利之真人格遂不为国人所知，无识者流，更妄相援引，可悲亦复可笑！"这一段话，也要请收回一些去。

我不知道汪君可曾过了五十岁，倘没有，则即使用了胡君的论调来裁判，似乎也还不妨做"一步一回头瞟我意中人"的诗，因为以歌德为例，也还没有到"忏悔"的时候。

1　即雪莱。

临末，则我对于胡君的"悲哀的青年，我对于他们只有不可思议的眼泪！""我还想多写几句，我对于悲哀的青年底不可思议的泪已盈眶了"这一类话，实在不明白"其意何居"。批评文艺，万不能以眼泪的多少来定是非。文艺界可以收到创作家的眼泪，而沾了批评家的眼泪却是污点。胡君的眼泪的确洒得非其地，非其时，未免万分可惜了。

起稿已完，才看见《青光》[1]上的一段文章，说近人用先生和君，含有尊敬和小觑的差别意见。我在这文章里正用君，但初意却不过贪图少写一个字，并非有什么《春秋》笔法。现在声明于此，却反而多写了许多字了。

十一月十七日。

1　《时事新报》副刊之一。

即小见大

北京大学的反对讲义收费风潮，芒硝火焰似的起来，又芒硝火焰似的消灭了，其间就是开除了一个学生冯省三。[1]

这事很奇特，一回风潮的起灭，竟只关于一个人。倘使诚然如此，则一个人的魄力何其太大，而许多人的魄力又何其太无呢。

---

[1] 1922 年 10 月 12 日北京大学实施由评议会通过的征收讲义费决议，因此爆发学潮。18 日校长蔡元培辞职离校，校务会形成三项决议，其中一项为开除学生冯省三（1902—1924）。

现在讲义费已经取消，学生是得胜了，然而并没有听得有谁为那做了这次的牺牲者祝福。

即小见大，我于是竟悟出一件长久不解的事来，就是：三贝子花园里面，有谋刺良弼和袁世凯而死的四烈士坟，其中有三块墓碑，何以直到民国十一年还没有人去刻一个字。

凡有牺牲在祭坛前沥血之后，所留给大家的，实在只有"散胙"[1]这一件事了。

十一月十八日。

1　祭祀后分发祭肉。

一九二四年

他也校改，这也校改，又不肯好好的做，结果只是糟蹋了书。

望勿"纠正"

汪原放[1]君已经成了古人了，他的标点和校正小说，虽然不免小谬误，但大体是有功于作者和读者的。谁料流弊却无穷，一班效颦的便随手拉一部书，你也标点，我也标点，你也作序，我也作序，他也校改，这也校改，又不肯好好的做，结果只是糟蹋了书。

1　汪原放（1897—1980），现代出版家、翻译家，翻译有《伊所伯寓言》《鲁宾逊漂流记》《一千零一夜》等，采用新式标点和分段形式整理出版了《水浒传》《红楼梦》《三国演义》等。

《花月痕》[1] 本不必当作宝贝书，但有人要标点付印，自然是各随各便。这书最初是木刻的，后有排印本；最后是石印，错字很多，现在通行的多是这一种。至于新标点本，则陶乐勤君序云："本书所取的原本，虽属佳品，可是错误尚多。余虽都加以纠正，然失检之处，势必难免。……"我只有错字很多的石印本，偶然对比了第二十五回中的三四页，便觉得还是石印本好，因为陶君于石印本的错字多未纠正，而石印本的不错字儿却多纠歪了。

　　"钗黛直是个子虚乌有，算不得什么。……"

　　这"直是个"就是"简直是一个"之意，而纠正本却改作"真是个"，便和原意很不相同了。

　　"秋痕头上包着绉帕……突见痴珠，便含

1　清代魏秀仁创作的白话长篇狭邪小说。

笑低声说道，'我料得你挨不上十天，其实何苦呢？'

"……痴珠笑道：'往后再商量罢。'……"

他们俩虽然都沦落，但其时却没有什么大悲哀，所以还都笑。而纠正本却将两个"笑"字都改成"哭"字了。教他们一见就哭，看眼泪似乎太不值钱，况且"含哭"也不成话。

我因此想到一种要求，就是印书本是美事，但若自己于意义不甚了然时，不可便以为是错的，而奋然"加以纠正"，不如"过而存之"，或者倒是并不错。

我因此又起了一个疑问，就是有些人攻击译本小说"看不懂"，但他们看中国人自作的旧小说，当真看得懂么？

一月二十八日。

一八四

这一篇短文发表之后，曾记得有一回遇见胡适之先生，谈到汪先生的事，知道他很康健。胡先生还以为我那"成了古人"云云，是说他做过许多工作，已足以表见于世的意思。这实在使我"诚惶诚恐"，因为我本意实不如此，直白地说，就是说已经"死掉了"。可是直到那时候，我才知这先前所听到的竟是一种毫无根据的谣言。现在我在此敬向汪先生谢我的粗疏之罪，并且将旧文的第一句订正，改为："汪原放君未经成了古人了。"

一九二五年九月二十四日，身热头痛之际，书。

主　　编｜徐　露
特约编辑｜徐子淇　赵雪雨

营销总监｜张　延
营销编辑｜狄洋意　许芸茹

版权联络｜rights@chihpub.com.cn
品牌合作｜zy@chihpub.com.cn

出品方　春山望野（北京）
文化传媒有限公司

Room 216, 2nd Floor, Building 1, Yard 31,
Guangqu Road, Chaoyang, Beijing, China